Un pequeño gran hombre y sus compañeras de clase

Por Fernando Neira.

Un pequeño gran hombre y sus compañeras de clase

Editado por sexomio.com

FOTO PORTADA POR AVA SOL EN UNSPLASH

Impreso en España 2021 Internet:

Índice:

1

Nacer con acondroplasia es una putada. No seré yo quien lo dude, ya que nací con esa mierda de trastorno genético que provoca al que lo sufre enanismo. Sí, ¡soy un enano! Uno de esos que la gente políticamente correcta llama gente pequeña. Desde siempre me ha tocado los cojones esa denominación porque es un paternalismo de la peor especie. La aceptación pasa por llamar a las cosas por su nombre y me niego a usar la forma "educada", prefiero la mía… nací enano, crecí enano y moriré enano. Que asuma el hecho de lo que soy, no me permite olvidar las dificultades que he tenido para reconocer mi situación. Es más, confieso que mi infancia y mi adolescencia se vieron marcadas por ese trastorno.

No creo tener que explicar lo que sentía cuando veía que mis amigos me doblaban en altura o la rabia que me corroía cuando no podía correr como los demás debido a la cortedad de mis piernas. Pero lo peor fue durante la adolescencia cuando mis hormonas se empezaron a desarrollar y tuve que tragar la evidencia de que resultaba físicamente repulsivo para la gran mayoría del sexo opuesto.

Fue una época dura horrible, que me llenó de inseguridades y de rencor. Odiaba mis minúsculas piernas, mis irrisorios brazos, mi cuerpo rechoncho y mi cabezota. Fueron unos años en los que no podía mirarme al espejo. A algunos les sonará raro, a otros lógico, pero no me reconocía en él.

Mi madre siempre me intentaba consolar diciendo que, aunque la naturaleza me había hecho esa cerdada, me había dado una gran inteligencia. Mi padre al contrario nunca me consoló. El muy cabrón, y ahora se lo agradezco, me obligó a superar mis limitaciones. Me inscribió en una academia de karate, me mandó a un gimnasio y me exigió acompañarle en sus salidas en bicicleta. Para un hombre deportista y de uno ochenta, el hecho que su hijo no superara el metro veinte era durísimo y decidió que, dado que era un enano, al menos fuera un enano sano, fuerte y en cierta medida atlético, sin tomar en cuenta las burlas que mi físico despertaba entre mis compañeros cuando me enfrentaba a ellos sobre el tatami o el cabreo que provocaba mi ritmo entre sus colegas cuando no podía seguirles en la carretera. Sé que hizo bien en no tratarme como un inútil, pero su puñetero carácter no me ayudó en ese momento a superar mis miedos.

Tengo pocos amigos de ese periodo y gran parte por culpa mía, ya que como reacción a mi minusvalía me convertí en un ser irascible y violento, que era incapaz de controlar su mal genio. Incluso con Manuel, el más cercano y que jamás me ha dado la espalda, me pegué en innumerables ocasiones. Daba igual el motivo, cuando se me cruzaban los cables, me convertía en un huracán con ganas de sangre. Las chicas eran algo en lo que no pensaba, para no sufrir y de mi paso por el colegio, no puedo asegurar que hablé con una más de cinco minutos seguidos. Las tenía miedo y las miraba con tirria al enfocar en ellas todo mi resentimiento.

Afortunadamente al final de la adolescencia, mis padres aceptaron matricularme en magisterio. Ahí conocí a Ana y a Cayetana, dos de las chavalas más guapas de la clase, las cuales, y como no podía ser de otra forma, en un principio me ignoraron. Y solo cuando un profesor les insinuó que me pidieran ayuda para aprobar matemáticas, fue cuando por primera vez intimé con ellas.

Todavía recuerdo que fue durante un descanso cuando se acercaron a mí y haciéndome un favor, me exigieron que les diese clase porque si no iban a repetir. Para mí fue un shock porque nunca una fémina me había pedido ayuda y menos dos bellezas como aquellas. Aun así, tragándome mi mala leche acepté y eso fue lo mejor que he hecho en mi vida, porque su amistad me permitió en gran medida ahuyentar mis temores y reconciliarme con el sexo opuesto.

Confieso que no fue fácil el darles clase porque mientras les explicaba los diferentes teoremas o hacíamos un problema, no podía dejar de mirarles las tetas o sus espléndidos culos. Sé de sobra que tanto Ana como Cayetana se daban cuenta, pero lejos de ofenderse se lo tomaron como a cachondeo y me adoptaron como su mascota. Para aclararos por qué digo que me trataban como mascota solo tengo que narraros la primera tarde en las que repasé con ellas esa materia.

Como quería evitar el inevitable chascarrillo de mis viejos si dos crías tan guapas aparecían por casa, decidí que quedáramos en casa de Cayetana. Al llegar al enorme piso de Serrano donde esa niña pija vivía, las dos cabronas todavía no habían llegado.

«No me extraña que suspendan, si a dos días del examen se van de compras», me dije cabreado al tener que aguardar en un salón en el que bien cabría el piso de mis padres.

Media hora tarde, aparecieron por la puerta sin disculparse y en vez de ponernos a estudiar, se dedicaron a lucirme los modelitos que habían comprado. Sé que debería haberme negado y obligarlas a empezar, pero me resultó imposible al ver su alegría por lo que me senté en una silla con la intención de pasar ese trago cuanto antes.

Si bien en un principio estaba a disgusto, ese sentimiento se transformó en excitación al ver a Ana salir del cuarto de baño con una minifalda, que bien podía definirse como un cinturón ancho.

«¡Está para comérsela!», recuerdo que exclamé al admirar sus muslos desnudos mientras se lucía ante mí.

Cualquiera en mi situación hubiese sentido lo mismo al ver a ese pedazo de hembra meneando su trasero mientras sus tetas rebotaban arriba y abajo.

«No puede ser», murmuré absortó mirando su culo pequeño y respingón sin advertir que, a mi lado, Cayetana miraba muerta de risa mi reacción.

—Ponte el top rojo— comentó ésta observándome de reojo.

Su amiga, ajena al alboroto de mis hormonas, volvió al baño a cambiarse la blusa. Cuando la vi volver con sus pechos comprimidos bajo esa prenda no pude más que adorarla como a una diosa:

—¡Quien fuera tu novio!— grité olvidando cualquier recato.

Curiosamente, mi exabrupto no la incomodó y en plan de guasa, se acercó a mí luciendo esas dos moles mientras se quitaba la coleta.

—¿Por qué lo dices?— preguntó meneando su larga melena en plan sensual.

Dominado por un deseo que jamás había sentido, contesté:

—Porque estás buenísima.

Aunque nunca esperó que le respondiera de esa forma, al oírme sonrió. Interviniendo y en plan coqueta, Cayetana me hizo saber que ella existía al murmurar en mi oído si no la encontraba a ella tan bien guapa. Tratando de esconder la erección de caballo que crecía bajo mi pantalón, repliqué:

—Las dos sois bellísimas.

Y no mentí porque aun siendo diferentes, en ese momento no supe discernir cuál de las dos me gustaba más, si Ana con su metro setenta o la rubia con su metro sesenta. Para mí, ¡ambas eran inalcanzables!

Mi piropo no satisfizo a Cayetana. La muy cabrona quería verme babeando con ella al igual que con su amiga y yéndose a cambiar apareció con unas licras que dejaban poco a la imaginación.

«¡Su puta madre!», entre dientes masculló con la vista fija entre sus piernas al comprobar que iba tan pegada que se le marcaban los labios de su coño.

No contenta con la expresión que leyó en mi rostro, se puso a bailar frente a mí. La diferencia de altura y el hecho de que estuviera sentado hicieron que su pandero quedara a la altura de mis ojos.

—Verdad que soy tan bonita como Ana— en plan meloso comentó mientras movía sus cachetes a escasos centímetros de mi cara.

He de decir que, en ese momento, en lo único que pensaba era en darles un mordisco. Por eso me descuidé y la morena descubrió el bulto de mi pene empinado bajo mi ropa.

—Parece que tu amiguito se alegra de vernos— a carcajada limpia, comentó mientras señalaba mi pecado.

Colorado hasta decir basta, les pedí que dejaran de hacer tonterías y que nos pusiéramos a estudiar. Por un momento creí que me iban a hacer caso, pero rápidamente descubrí que no iban a dejar de cachondearse de mí. Mientras hacía un verdadero esfuerzo en concentrarme y explicarles el tema uno, las dos aprovecharon cualquier momento para mostrarme el canalillo o complacerme con la visión de su trasero.

Ni que decir tiene que ambas suspendieron, pero a partir de esa tarde me pegué a ellas como una lapa y cuando aparecían ellas solas, todo el mundo sabía que tarde o temprano llegaría yo a acompañarlas. Mis padres vieron en ese par una bendición y por ello cuando quería pedirles un permiso solo tenía que decir que había quedado con ellas. En cambio, mis amigotes tuvieron celos de ellas y se cabrearon al percatarse que cada vez que me llamaban perdía el culo por ir con ellas.

Como le gustaba Ana, Manuel no solo lo aceptó, sino que insistió en que se las presentara. Durante un par de meses me negué porque las sentía mías y no quería que nadie se interpusiese entre nuestra amistad, pero fue tanta su insistencia que al final accedí.

Se la presenté un viernes en Cats, un disco bar de la Moncloa que frecuentan los niños bien, que era y es uno de los sitios favoritos de Cayetana porque Borja, su novio de siempre, era relaciones públicas de ahí. Cuando llegué con

Manuel, ya nos estaba esperando en la puerta y desde el primer momento surgió el flechazo entre los dos. Me consta que no se liaron en ese momento, porque por el aquel entonces Ana estaba tonteando con un imbécil. Aun así, se pasaron toda la noche bailando y riéndose las gracias.

Recuerdo que al salir del local Manuel estaba pletórico e ilusionado y desde ese día, no hubo modo de sacármelo de encima. En cuanto llegaba el viernes, me llamaba para ver por dónde iba a ir con "mis amigas" e irremisiblemente, se hacía el encontradizo. Fue un flechazo por coñazo. Tal fue su insistencia que no tardó en sustituir al cretino y comenzó a salir con ella.

No puedo dejar de reconocer que no me gustó, sobre todo porque creía que iba a perderla, pero curiosamente nada cambió. Para todos yo era un pagafantas que se podía dar con un canto en los diente por ser parte del grupo, pero para mí Cayetana, Ana y yo éramos los tres magníficos a los que se pegaban sus novios.

Interiormente sabía, pero no lo quería reconocer que para ellas yo era como el amigo gay al cual podían contar sus andanzas. Puede parecer raro, pero estaba cómodo con ese papel, ya que siendo su confidente conocía de primera mano sus movidas de todo tipo, incluidas las sexuales. Tanto Ana como Cayetana disfrutaban contándome éstas últimas, ya que les divertía comprobar que me excitaban. Para poner un ejemplo de estas confidencias, me tengo que retrotraer a los meses en que Ana salía con el fulano:

Una tarde que estábamos tomando una cerveza en Santa Barbara, llegó cabreada y al preguntarle el motivo, dijo que tenía un novio que era un parado.

—No te entiendo— recuerdo que respondí.

Indignada y tomando aire, replicó:

—¿Te puedes creer que, después de haberse corrido antes de tiempo, no ha querido repetir?

Juro que pensé que conmigo no le hubiese pasado, pero en vez de decirle que lo dejara y que me autonombraba candidato a sucederle, contesté:

—No me lo creo. Algo le debe haber pasado.

—Sí, que es un mamón. Cómo mis padres estaban en el pueblo, quedamos en casa y le estaba esperando vestida únicamente con una camiseta ancha y unas braguitas.

La imagen que se formó en mi mente era demasiado tentadora para no preguntar si no llevaba sujetador. Al oírme y poniendo cara de mala, me dijo que no y que encima estaba tan cachonda que se le marcaban los pezones.

—Yo te hubiera saltado al cuello— le solté visualizando la escena.

—Pues, él no. Al llegar y verme así, en vez de empotrarme contra la mesa, me pidió una Coca Cola.

—Menudo idiota— comenté.

—Estoy de acuerdo, pero espera que te cuente. Indignada y con mi chocho chorreando, voy a la cocina y se la traigo. Al dársela, va y me dice que si quería podíamos echar uno rápido porque se tiene que ir a estudiar.

«Ese tío es gilipollas», recuerdo que pensé mientras daba un sorbo a mi cerveza.

Mi silencio le permitió continuar diciendo:

—Debí mandarle en ese instante a la mierda, pero estaba tan necesitada que preferí uno que nada y cogiéndolo de la mano, me lo llevé al cuarto.

Pensando en que Dios da pan a quien no tiene dientes, la azucé a continuar:

—Una vez allí tomé la iniciativa y mientras él se tumbaba en la cama, me puse a bailar mientras le hacía un striptease.

Nuevamente la escena me puso como una moto, pero no dije nada para que Ana siguiera explayándose.

—Te prometo que, si llego a saber lo que me haría, nunca me hubiera quitado la camiseta en plan sensual y menos le hubiese provocado de esa forma.

—¿De qué forma?— dejé caer sabiendo lo mucho que le gustaba recrearse en sus encuentros sexuales.

—Ya sin ella y mostrándole mis pechitos, me los pellizqué con ganas de calentarlo.

—Se debió poner a mil— musité sin aclarar que en ese momento el que estaba hirviendo era yo.

—Mas o menos. La tenía morcillona pero como lo necesitaba erecto, tuve que azuzarlo quitándome las bragas y poniendo mi coño en su cara.

—¿Te lo habrá comido? Yo al menos sería lo que hubiese hecho— pregunté dejando claro mi interés.

—¡Qué mono eres! - y sin ofenderse por mi burrada, me dio un beso en la mejilla, antes de proseguir: —Eso era lo que pretendía, pero olvidándose de mí el muy cabrón se quitó los pantalones y se puso a pajear pensando que eso era lo que tocaba.

—¿Teniéndote en pelotas y dispuesta, se masturbó? -exclamé indignado.

—Pues sí— confesó.

—Ese tío es bobo.

—Lo sé, pero no se queda ahí. Viendo que se le había puesto tiesa, decidí que al menos erecta me podía empalar con ella y subiéndome a horcajadas sobre él, le pedí que me diese caña mientras me lo clavaba hasta el fondo.

Para entonces, el que estaba como berraco era yo y Ana lo sabía, pero en vez de cortarse se recreó en los detalles diciendo:

—Estaba tan mojada que me empalé sin que el tuviese que hacer nada y ya con eso dentro, me puse a cabalgarlo como a mí me gusta.

Conociendo la predilección de mi amiga por ejercer de cowgirl en el sexo mientras sus parejas se quedan quietos sobre las sábanas, no dije nada mientras soñaba que un día fuera yo a quien montara. Mis ojos debieron traicionarme porque me tomó la mano diciendo:

—Para colmo, tras un par de segundos, el muy imbécil se corrió y cuando quise repetir, me dijo que tenía prisa. Imagínate mi cara cuando veo que se viste y que se va, dejándome cachonda e insatisfecha.

Venciendo mis temores y tan caliente como ella, se me ocurrió decirle que yo le podía ayudar.

—Y lo haces. Sabes escuchar, por eso eres mi mejor amigo. Contigo tengo la confianza de contarte mis cosas sin correr el riesgo que vayas con el cuento a otros o que pienses de mí que soy una puta— dijo mientras se tomaba de un trago su cerveza.

«Como soy un enano, no piensa en mí como hombre», pensé mientras la imitaba vaciando la mía.

Cayetana en cambio era más modosita y tardó más en abrirse, pero cuando lo hizo descubrí que tras esa cara de ángel se escondía una mujer ardiente que también tenía una sexualidad desbordada.

Recuerdo que la primera vez que contó una escena de cama, estábamos los tres en su casa y Ana al ver que estaba extrañamente alegre, preguntó qué le pasaba. Un tanto cortada me miró y sabiendo que nunca me había ido de la lengua, contestó:

—Hoy he hecho mi primera mamada.

—No jodas, cuéntanos— replicó Ana mientras yo me quedaba paralizado porque siempre había soñado con disfrutar de sus gruesos labios mientras me hacía una felación.

Cayetana estaba tan emocionada con la experiencia que no dudó en contestar:

—Borja llevaba tiempo pidiéndome que se la hiciera y hoy se han dado todos los elementos que necesitaba para dar el paso.

Desternillada de risa, la morena le espetó:

—Déjate de monsergas y al grano.

Con una picardía que hasta entonces no había mostrado, replicó:

—Estábamos en la piscina de sus padres y aprovechando que no estaban, nos empezamos a besar. De una cosa pasamos a otra y de pronto me encontré haciéndole una paja.

«Joder con la mojigata», murmuré para mí porque hasta ese momento creí que el sexo era algo vedado en su mentalidad.

—Detalles, quiero detalles— la azuzó Ana.

Colorada hasta decir basta, Cayetana continuó:

—No sé lo que me pasó, pero al verla totalmente dura me apeteció darle un besito.

—Y del beso, pasaste a comértela— riendo la morena le soltó mientras en mi cerebro era mi polla la que recibía esas caricias.

—No fue así. Al posar mis labios en ella, la encontré tan sedosa que no vi nada de malo en sacar la lengua y lamerla.

—Serás cursi. Tan sedosa… di la verdad, era tentador mamársela.

—Yo no soy tan puta— protestó con una sonrisa: —Era tan suave que usando la puntita recorrí su glande mientras Borja se quedaba callado.

«Qué suerte tienen algunos», exclamé en mi interior.

La rubia ya lanzada prosiguió diciendo:

—Poco a poco, seguí lamiéndosela hasta que de pronto me vi abriendo los labios y metiéndola en mi boca.

—Mentirosa, lo estabas deseando— nuevamente Ana comentó.

—No lo sé, pero os tengo que confesar que, al tenerla ahí, quise experimentar que se sentía al mamársela.

—¿Y qué sentiste?— me atreví a preguntar.

Con las mejillas coloradas, contestó:

—Me gustó y por eso la metí un poco más.

—¿Tu novio qué hizo?

—Nada, Borja es un caballero y se quedó quieto, dejando que yo fuera a mi ritmo. Al no sentirme presionada, comencé a metérmela y a sacármela cada vez más rápido mientras sentía una humedad brutal en mi coñito.

Para entonces, he de decir que, si hubiese habido más confianza, hubiese sacado mi polla y me hubiera puesto a pajear del calentón que llevaba, pero en vez de eso me quedé en silencio.

—Sigue cabrona. Que esta noche, cómo me encuentre con mi novio, me lo follo— señaló también excitada nuestra amiga.

Alucinando con el estado de Ana, pensé en decirle que, si no se lo topaba con él que me tenía a mí para desfogarse, pero no queriendo que dejara de narrar su experiencia tampoco dije nada.

A Cayetana esa burrada le dio el empujoncito que necesitaba para confesar que, ya entrada en faena, continuó lamiendo el trabuco de su novio hasta que este le avisó que se iba a correr.

—¿Y?— preguntó Ana sin advertir que bajo su camiseta lucía los pitones en punta.

Con tono dulce pero picante, la rubia prosiguió con su relato:

—Tantas veces has alabado su sabor que me dieron ganas de tragármelo, pero al final no me atreví y me lo saqué de la boca… y eso fue peor.

—No te entiendo - interviniendo replicó su amigota.

Muerta de risa, Cayetana explicó que al correrse su novio fue tanta la potencia con la que explotó que le llenó la cara de esperma.

Por unos segundos, la imagen de los blancos borbotones recorriendo sus mejillas me impactaron y sin poderme contener, a carcajada limpia me uní a ellas …

2

El noviazgo de Manuel y Ana no varió en absoluto la amistad con ellas. Al igual que Borja no era un impedimento para ser amigo de Cayetana, que mi colega de la infancia saliera con la morena solo provocó que, en vez de cuatro, saliéramos cinco de copas teniéndome a mí de enano sujeta velas. Es más, la confianza que me unía a él desde niño determinó que mi conocimiento de las andanzas sexuales de mi amiga se incrementase, al contar con la versión de ambos. Un claro ejemplo de ello fue la primera vez que tuvieron relaciones. Manuel me había anticipado que una tarde iba a intentar tirársela aprovechando que sus viejos no estaban en casa, por ello al día siguiente le pedí que me contara cómo le había ido.

—De puta madre— contestó: —Fue increíble.

Andando con pies de plomo para que no advirtiera mi desaforado interés en saber cómo era Ana en la cama, le llamé exagerado.

—¿Exagerado? Todo lo que cuente es poco porque ha resultado una fiera insaciable que solo me dejó en paz cuando comprobó que había descargado completamente los huevos.

—Menos lobos— insistí en desdeñar sus logros.

Cabreado al ver que no le creía, se envalentonó y me contó que se había preparado a conciencia para que cuando su novia llegara todo estuviera listo.

—Ya me conoces, música, unos cubatas y sobre todo una caja de condones.

—Eso sí te lo creo— riendo comenté azuzando la locuacidad de mi colega.

—Serás cabrón— respondió herido en su amor propio: —Tu amiguita debía saber a qué venía porque nada más abrirle la puerta, saltó sobre mí buscando mis besos.

—No será para tanto, a lo mejor fueron solo unos piquitos— le repliqué encantado por lo fácil que me estaba siendo sonsacarle.

—¡Piquitos! ¡Mis huevos! Tú que la consideras tan casta, debes saber que me empujó contra la pared y antes de que me diese cuenta, me estaba bajando la bragueta.

Desternillado de risa, quité hierro al asunto, diciéndole que seguro de que, al ver el tamaño de su polla, Ana debió de perder todo el interés.

—No solo no se quejó, pedazo capullo, sino que al ver que la tenía tiesa me regaló una mamada de campeonato.

Volviendo a minusvalorar su éxito, le dije que seguro que esa mamada de la que se vanagloriaba realmente había consistido en un par de lametazos mal dados.

—Te he de decir que hasta mí me sorprendió su maestría y es que lo suyo fue de manual de una película porno. Tras sacármela, acercó su cara y comenzó a darle besitos mientras le decía las ganas que tenía de conocerla.

—¿Me estás diciendo que se puso a hablar con tu verga?— pregunté impresionado porque eso sí era algo que no me esperaba.

—Sí, pero no se quedó en eso y mientras la tomaba entre sus dedos, tu santa amiguita susurró a mi glande que si se portaba bien se verían casi todos los días.

—¡Qué animal eres! Te lo estás inventando— dije desternillado, aunque en mi fuero interno sabía que no mentía.

Mis dudas acentuaron su necesidad de darme detalles y obviando mis palabras, prosiguió diciendo:

—Crees que también me inventé que contenta del tamaño de mi erección, Ana mirándome se lamió los labios y me dijo que iba a dejarme seco.

En esa ocasión, me quedé callado porque bastante tenía con evitar que Manuel se diese cuenta del calentón que esa imagen había provocado en mí. Mi mutismo azuzó su descaro y recreándose en lo sucedido, me explicó que acto seguido la morena se la había metido hasta la garganta.

«Joder», pensé en silencio y lleno de envidia.

Envalentonado al ver mi cara, siguió narrando la experiencia dando una vital importancia a la expresión de puta de Ana mientras se la comía.

—Parecía dominada por la lujuria. No te imaginas el brillo de sus ojos al mamármela. Estaba obsesionada en conseguir ordeñarme.

Aunque me cuadraba con la desmedida sexualidad que ella me había confirmado en "petite comité", no dije nada y dejé que mi amigote continuara describiendo la escena.

—Como te puedes imaginar, yo encantado y más cuando sentí que usaba la lengua para presionar mi polla mientras se la comía.

«¡Cómo me gustaría haber sido yo!», exclamé para mí mientras Manuel seguía erre que erre tratándome de convencer de lo sucedido.

—Pedrito, aunque no te lo creas, la muy zorra ni siquiera se cortó cuando le informé que me iba a correr, sino todo lo contrario y como si le fuera la vida en ello, siguió mamándomela todavía más rápido.

—Ahora me dirás que eyaculaste en su boca.

—Sí, puñetero cretino. Te parecerá imposible pero tu inseparable amiga al sentir que me venía, se la sacó solo un momento para decirme que me corriera dentro porque quería saborear mi semen.

«Hijo de puta suertudo», murmuré para mí dando total veracidad a su relato, sin sentir curiosamente ningún rastro de celos.

Ya interesado le pedí que me contara si al final se lo había tragado, a lo que no pudo ni quiso negarse y con todo lujo de pormenores, me describió la cara de satisfacción de mi morena mientras devoraba ansiosamente toda la leche que él expulsaba.

Desmoralizado al saber que Ana nunca se fijaría en mí al ser un enano, perdí el hilo de lo que me narraba hasta que, pegándome un puñetazo en el hombro, Manuel me hizo reaccionar para decirme que después de la mamada y sin más prolegómeno, su novia le había llevado casi a trompicones hasta la cama y que una vez allí le había hecho un striptease.

—Fue alucinante. Imagínate la situación: conmigo desnudo sobre la cama, tu amiga encendió el equipo y siguiendo el ritmo de la música, se puso a bailar mientras se iba desabrochando uno a uno los botones de la camisa.

—Supongo que te volviste a poner como una moto.

Despelotado y nunca mejor dicho, confirmó mis palabras diciendo:

—Como burro en primavera. Creo que jamás la había tenido tan dura.

Tras lo cual, me explicó que, aunque ya le había tocado las tetas, al verlas rebotando al compás de la canción le parecieron maravillosas. Nuevamente la envidia corroyó mi diminuto cuerpo al visualizar la escena y es que los pechos de esa morena eran mi escondida obsesión.

Ajeno a lo que yo, su colega, estaba sintiendo, Manuel me explicó su sorpresa cuando Ana se quitó las bragas y descubrió que llevaba el coño totalmente depilado.

«Ya lo sabía», dije entre dientes mientras él detallaba con lujo la belleza de esos labios húmedos confesando que jamás en su vida había estado con una niña sin un pelo en el chocho.

«Yo en cambio, nunca he estado con una», amargamente me quejé en silencio.

Entusiasmado con la narración, se puso a fanfarronear que Ana había llegado hasta él y que sin que tuviera que hacer nada, se había empalado y usando su pene como silla de montar, se había puesto a cabalgar desbocada.

«Eso también debió ser cierto», medité excitado al coincidir con lo que confidencialmente ella me había contado: «Le encanta ser ella la que lleva la iniciativa en el sexo»

—Macho, ¡qué fiera es esa chavala! Incluso me pellizcó los pezones mientras meneaba su pandero.

—¿Al menos habrás cumplido?— pregunté inmerso en una espiral autodestructiva pensando que yo al menos no hubiese desaprovechado ese momento.

—Claro que me corrí, cabrón,…¡ no soy un eunuco!

Con ganas de abofetear a mi amigo, rehíce la pregunta diciendo:

—Me refería a si la llevaste al orgasmo.

Mis palabras causaron una conmoción en Manuel y totalmente colorado, me reconoció que no se había fijado.

Como esa misma tarde tenía que darles clase y sabía que a buen seguro me enteraría, preferí no ahondar en la herida y zanjé el asunto cambiando de tema:

—¿Te apetece una cerveza?

—Una no, ¡media docena!— exclamó agradeciendo que no hiciera leña de él y cogiendo su chamarra, nos fuimos al bar de la esquina.

Sobre las seis de la tarde y con cuatro birras en el cuerpo, llegué a casa de Cayetana donde hallé a mis dos amigas charlando animadamente.

—¿De qué habláis?— dije a modo de saludo.

—Esta zorra que me está contando el polvo que ha echado con Manuel— dijo muerta de risa la rubia haciendo el clásico gesto de follar.

Disimulando como si no supiera nada, mirando a Ana le pregunté cómo se lo había pasado, a lo que, sin ganas de extenderse en el tema, me contestó que podía haber ido mejor.

—¡Que te diga! Tu amigo ha resultado ser otro flácido que no les llega a los zapatos.

—No seas mala, Manuel es un buen chico. Ha puesto mucho interés y a buen seguro las próximas veces lo hará mejor.

—No mientas, dile la verdad. Reconoce que te ha dejado con ganas de más y que tras una tarde follando, solo te corriste una vez— insistió Cayetana ante la brevedad de la morena.

—Quizás la culpa fue mía, porque llegaba tan cachonda que solo se me ocurrió a mí mamársela en vez de follármelo directamente.

—Claro y lo dejaste sin fuerzas— riéndose de ella, comentó su mejor amiga.

—Eso no es cierto, le hice un pequeño striptease y rápidamente se puso a tono— protestó Ana defendiendo a su novio mientras yo confirmaba punto por punto lo que me había dicho mi colega.

—Ya pero luego al montarte a horcajadas sobre él, no tardó en correrse, apenas te dio tiempo a cabalgarlo un par de veces.

—Tenemos que acostumbrarnos el uno al otro— reconoció molesta y nuevamente a la defensiva, me contó que luego su recién estrenado novio le había hecho una buena comida de coño.

«Eso se lo ha callado el muy cabrón», medité mientras ponía cara de póker para que no supiera que habíamos hablado.

Riéndose de ella y de su mala suerte con los hombres, Cayetana le insinuó que, si quería conocer un buen macho, un día le podía prestar a Borja.

—¿A ese pijo? Antes me tiro a Pedro.— replicó indignada, pero al ver mi cara de enfado, rápidamente me pidió perdón y tratando que olvidara sus palabras, sacó sus libros y nos rogó que tenía prisa y que había mucho que estudiar.

«Ni siquiera como segundo plato, me toma en cuenta», desangrándome por dentro pensé.

Y sin volver a mencionar el tema, comencé a darles clase…

3

Es desliz, ese involuntario menosprecio por parte de Ana no fue algo efímero y al menos durante un par de semanas, tratando de compensarlo, mi preciosa morena me trató con exquisito cuidado para no volverme a ofender. Aunque comprendía sus motivos y sabía que lo hacía para congraciarse conmigo, no me gustó.

Necesitaba de vuelta a la descerebrada amigota y no la reconocía en su nueva forma de tratarme. Un viernes que habíamos quedado no me pude aguantar y tomándola del brazo, me la llevé a un rincón lejos de miradas y oídos extraños.

—Ana, quiero que te dejes de gilipolleces y vuelvas a ser tú— le espeté a boca jarro.

—¿A qué te refieres?— dijo disimulando porque en mu mirada comprendí que sabía perfectamente qué era de lo que hablaba.

Me hubiese gustado que me hubiera contestado con su socarronería habitual y no con esa diplomática respuesta. Por ello y mientras ella no dejaba de moverse con nerviosismo, repliqué:

—Quiero de vuelta a la deslenguada, la Ana de las dos últimas semanas no me interesa. Metiste la pata, pero es algo a lo que estoy acostumbrado. Soy un puto enano, mido poco más de un metro y muy tonto tendría que ser para no aceptarlo.

Con las mejillas coloradas, volvió a intentar pedir perdón diciendo que no había querido hacerme daño.

—Que una mujer no me vea como hombre, es algo habitual y puedo vivir con ello. Lo que realmente me jode es que hayas perdido la confianza de hablarme como a un amigo y me hables como a un tullido. Aunque no levantó más de dos palmos del suelo y tengo que usar banco para coger las cosas de una mesa, no me considero un minusválido. Tampoco estoy castrado y sé que algún día llegará un mujer sin prejuicios que sea capaz de ver al hombre que hay detrás de mi rechoncho cuerpo.

Comprendió mi resquemor y luciendo la sonrisa de la que estaba enamorado, Ana contestó:

—Para mí eres mi mejor amigo y nunca te he visto como un pequeñajo sino como un puto enano.

Soltando una carcajada di por terminada la discusión, comentando:

—Invítame una copa y todo olvidado.

Las risas de la morena acercándose a la barra, me sonaron a música celestial y me quedé observando el movimiento de su culo ya sin rencor:

«Sé que algún día daré un mordisco a ese maravilloso pandero», murmuré entre dientes sin ninguna confianza, pero encantado por haber recuperado a mi colega.

La casualidad quiso que esa tarde ratificara sin desearlo a los ojos de Ana que su amiguito era un hombre porque mientras se hacía un hueco en la barra para pedir una copa, un impresentable intentó ligar con ella, metiéndose conmigo:

—Una preciosidad como tú se merece alguien de su tamaño.

Sin pensar en las consecuencias, mi amiga contestó al borracho que era un babas y que la dejara en paz. El tipo no aceptó el rechazo y cogiéndola de la cintura, le intentó dar un beso. La morena reaccionó soltándole un bofetón.

—¡Puta!— exclamó su acosador al recibirlo mientras levantaba su mano para devolvérselo.

Instintivamente, me lancé contra él y antes de que pudiera reaccionar le propiné un cabezazo en los huevos. El impulso que llevaba provocó que, al golpear mi frente contra su entrepierna, el dolor lo dejara indefenso y cayó al suelo. Al verlo tirado, no me lo pensé y saltando encima del capullo, comencé a descargar mi frustración contra él.

Uno de sus acompañantes no tardó en defenderle y obviando mi estatura lanzó una patada que impactó contra mi cara mandándome a dormir anticipadamente. Totalmente noqueado no supe hasta después que Manuel y el resto de mis amigos se liaron a golpes contra esos desconocidos buscando venganza y que por ello los seguratas sacaron a los dos grupos a la calle donde afortunadamente intervino una patrulla de la policía parando la reyerta.

Unos minutos después desperté en la acera con los ojos morados y un dolor de cabeza insoportable, pero valió la pena al ver la cara de preocupación de Ana mientras intentaba reanimarme.

—¿Cómo se te ha ocurrido meterte? ¡No ves que podían haberte matado!— preguntó casi llorando al ver que abría los ojos.

Todavía medio atontado, repliqué:

—No podía permitir que te pegara, eres la persona más importante que tengo en la vida.

—Eres tonto del culo. No podría perdonarme si te hubiese pasado algo— contestó justo antes de darme beso.

Ana nunca previó que ese tierno gesto carente de segundas intenciones hiciera reaccionar a mi diminuto cuerpo y que por debajo de mi pantalón mi pene se alzara como un resorte. Mi involuntaria erección no le pasó inadvertida.

—Te he puesto cachondo— comentó preocupada.

Pero tras unos segundos de confusión mi amiga se la tomó a guasa mi problema y ocultando a la vista de los demás sus actos, acercó su mano a mi polla mientras susurraba en mi oído:

—Mi caballero andante se ha merecido un regalo de su dama.

Al sentir sus yemas recorriendo mi extensión, me creí en la gloria y cerrando los ojos, disfruté de sus caricias deseando que no terminaran mientras sentía que, tras un inicio dubitativo, la rubia iba incrementando la presión que sus dedos ejercían sobre mi pene.

Desgraciadamente, Manuel se acercó a ver como seguía cortando de cuajo la travesura de su novia:

—Está todavía mareado— Ana comentó mientras mirándome fijamente me rogaba que no la descubriera.

Disimulando mi excitación con mi chaqueta, me puse en pie y sin traicionar a mi amiga, pedí que me ayudaran a conseguir un taxi.

—Yo te llevo— desde la puerta del local y con las llaves en la mano Cayetana comentó.

En un principio me negué, pero dado mi estado tuve que aceptar su oferta y por ello al cabo de un minuto, me subí a su coche.

—Siento joderte la noche— dije apesadumbrado mientras escalaba al asiento.

La rubia sonrió al oírme y en plan pícara, me preguntó si ya se me había bajado el empalme.

—No sé de qué hablas— respondí totalmente colorado al verme descubierto.

Desternillada de risa al comprobar mi turbación, se explicó:

—No te hagas el inocente. He visto a Sarita metiéndote mano y por tu cara, lo estabas pasando de puta madre.

Acojonado de que llegara a oídos de mi colega, le rogué que no dijera nada.

—Soy una tumba, pero antes quiero comprobar una cosa— contestó mientras posaba su mano en mi entrepierna.

—¿Qué cosa?— balbuceé paralizado al notar sus dedos se apoderaban de mi polla.

Sin soltar su presa y luciendo su mejor sonrisa, mi amiga contestó:

—Ana y yo compartimos todo desde niñas y nuestro mejor amigo no puede ser menos. Además, llevo meses escuchando a todos los chicos hablando del tamaño de tu trabuco y veo que no mentían al decir que era enorme.

Para entonces, mi tallo ya había recuperado todo su esplendor, pero eso no le importó y como si el pajearme hubiese sido un sueño oculto, Cayetana aceleró la velocidad con la que me ordeñaba mientras me decía lo cachonda que le había puesto ver a su amiga disfrutando de mi miembro.

—¡Qué callado te lo tenías!— insistió aferrando mi verga entre sus yemas.

—Como no pares, me voy a correr— avergonzado susurré.

Lejos de hacerme caso, siguió meneándola con decisión mientras aparcaba frente a mi casa.

—Quiero vértela— dijo con tono excitado al apagar el coche.

Aunque desde que la conocía había soñado con ese momento, me acobardé. Como el perfecto gilipollas que soy, abrí la puerta y salí corriendo en busca de la seguridad de mi portal mientras escuchaba a mi espalda que la rubia me decía que eso no iba a quedar así:

—No pararé hasta que me la enseñes.

Pensé que iba borracha y por ello, sin aminorar mi paso, hui de ella.

Ya en el piso, después de explicar a mis padres la razón de mi cara amoratada y en la tranquilidad de mi cuarto, no pude ni quise dejar de masturbarme pensando en que esa noche había sido perfecta porque, a pesar de los golpes, mis dos princesas me habían tratado como hombre y no como un enano…

4

Al día siguiente, mis padres me estaban esperando para desayunar conmigo. Asumí al instante que iba a tener bronca, pero para mi sorpresa tanto mi vieja como mi viejo se abstuvieron de recriminarme nada. Únicamente insistieron que no saliera de casa y me quedara reponiéndome de la paliza. Aterrorizado con la idea de enfrentarme con Ana y con Cayetana, accedí de buena gana y por ello, no me enteré hasta mucho después de lo que esa mañana decidieron a mis espaldas y es que sin informar una a la otra que ambas me habían metido mano, decidieron entre ellas buscar alguien que me aliviara las ganas.

—Somos unas desconsideradas con Pedrito— comentó Ana mientras desayunaba con Cayetana: — Las dos tenemos novio y en cambio, él sigue siendo virgen.

—¿No pensarás en tirártelo?— alucinada replicó la rubia mientras recordaba la sensación de tener ese pollón entre sus dedos.

—No, pero he pensado que podemos conseguir que Altagracia se acueste con él— replicó su íntima amiga.

Asombrada con la idea, Cayetana le pidió que se explayara.

—Ya sabes lo jodida de pasta que siempre anda. Es una guarra que se ha tirado a media clase y creo que por cien euros es posible que ella nos haga ese favor.

—Estás como una cabra si piensas que le voy a llegar y decir que la considero tan puta de pagarla para que se tire a

Pedro— respondió asumiendo que le iba a tocar a ella hacerle la oferta.

—Invítala a tu casa esta tarde y yo me ocupo— contestó su compinche sin dar más detalles.

Intrigada por cómo iba a conseguir que ese zorrón accediera a acostarse con un enano como yo, aceptó su parte y al terminar las clases, la buscó entre la gente.

—Altagracia, Ana y yo vamos a merendar en casa. ¿Te apetece acompañarnos?

La chavala recibió la invitación con suspicacia porque no en vano era tanta su fama que apenas tenía amigas, pero no queriendo perder la oportunidad de intimar con las chavalas más populares del curso, asintió y quedaron en verse a las siete.

—Ya he hecho mi parte— le dijo la rubia al volver con Ana: —Ahora te toca a ti cumplir la tuya.

Sin revelar sus planes, quedaron en verse antes y por eso cuando Altagracia apareció en casa de la pija, la dos socias de encerrona estaban esperándola con la mesa y las bebidas preparadas.

—Tienes una casa preciosa— comentó la latina al entrar.

Su anfitriona comprendió que no estaba acostumbrada a esos lujos y no queriendo hacer leña de la difícil situación económica de su invitada, en vez de contestar, le ofreció una cerveza.

La mulata aceptó de buena gana el botellín que le daba y de un solo trago se lo bebió diciendo que venía sedienta. Deseando que se relajara y que no se percatara de la razón por la que la habían invitado, la imitó para acto seguido sacar otras dos de la nevera.

—Yo también estaba seca— le dijo mientras sustituía el botellín vacío por otro lleno.

Observando los dos globos con los que la naturaleza había dotado a la recién llegada, Ana supo que yo no iba a desaprovechar la oportunidad de chuparlos si se me ponían a tiro y por ello, luciendo la mejor de sus sonrisas, se inventó un supuesto interés que tenía por un estudiante de segundo de derecho.

—El tío está bueno, pero dudo que me haga caso— se quejó simulando una angustia que no sentía: —Tiene novia.

—Todavía no ha nacido un hombre que le haga ascos a un polvo. Por mucho que tenga pareja, si una mujer se lo propone, se lo tira— replicó Altagracia muy segura.

Tras llevar la conversación a donde ella quería, Ana se bebió su cerveza antes de decir:

—Eso es algo que siempre se ha dicho, pero no estoy segura de que sea cierto. Me considero una mujer guapa y aun así ha habido veces que no he podido seducir al chico que me gustaba.

Altagracia entornó los ojos sin creerla y tras unos segundos, durante los cuales se pensó en si le convenía hacer esa confidencia, respondió:

—No debes haber insistido lo suficiente. Siempre que me ha apetecido una polla, me la he comido… y también alguna que no me apetecía y que al final ha resultado ser mucho mejor que las que teóricamente iban a funcionar.

Soltando una carcajada, Cayetana intervino diciendo:

—En eso estoy de acuerdo. Damos por sentado que un tipo atlético de uno ochenta va a ser bueno en la cama y luego resulta que es un inútil que se corre antes de tiempo.

—Ya te digo— comentó Altagracia: —El peor amante con el que he compartido caricias fue el capitán de un equipo de futbol. Alto, fuerte y con un cuerpo que me hacía mojarme con solo verlo, al llevármelo al huerto me dejó totalmente insatisfecha. Y lo peor de todo, es que el muy capullo se seguía creyendo una puta máquina.

Esa confesión despertó la curiosidad de mis amigas y poniendo en sus manos otra Mahou, le pidieron que les contara cual había sido el mejor.

Despelotada de risa, la latina contestó:

—Don Alberto, el profesor de Pedagogía.

—¡No me jodas!— exclamó Ana al oírlo porque no en vano era un vejestorio de sesenta años: —¡Cuéntanos!

Sabiéndose el centro de atención, Altagracia comenzó su relato hablando de las dificultades que tenía con esa asignatura y que como necesitaba aprobarla para pasar de curso, decidió seducir a su maestro por lo que le pidió una tutoría.

—Aunque me había dado cuenta de las miradas que ese cabrón me echaba durante las clases, reconozco que no las tenía todas conmigo. Por eso me puse la minifalda más corta de mi armario y con ella, me fui a verle.

—¿Qué pasó?— preguntó Cayetana: —¿Conseguiste follártelo?

—Sí y no solo una vez, sino que todavía hoy cada vez que me pica el chichi, voy a verlo y salgo con mi coño lleno de su leche.

Que ese anciano resultara ser un semental impresionó a mis dos amigas y con un interés insano, pidieron a la chavala que les aleccionara del modo en cómo lo había seducido por si algún día lo necesitaban.

—Fue fácil. Al llegar a su despacho, le miré a los ojos diciendo que necesitaba pasar de curso y que haría todo lo que fuera necesario para conseguir el aprobado mientras me desabrochaba un botón de mi camisa.

—¿Así directamente? Te podían haber expulsado.

—El éxito pertenece a los audaces— respondió luciendo su mejor sonrisa.

—Y don Alberto, ¿qué hizo? Se te lanzó encima.

—No, el muy cabrón tiene el colmillo retorcido y dejando los papeles sobre su mesa, me pidió pruebas de mi compromiso.

—¿No entiendo? ¿A qué se refería?

A carcajada limpia, su compañera continuó:

—Sin decirlo de viva voz, supe que quería verme desnuda por lo que cerrando la puerta con llave le hice un striptease total.

—Fue entonces cuando te folló…— afirmó Cayetana sorprendida con la imagen.

—No, cuando ya estaba en pelotas, me ordenó que me masturbara para él y como necesitaba salir de ahí con más de un cinco, obedecí sentándome en su mesa.

—¿Conseguiste excitarte? ¡Don Alberto es un viejo! No me imagino poniéndome cachonda frente a él.

Riendo, Altagracia respondió:

—Yo tampoco y por eso al principio me resultó difícil. El profe se dio cuenta y cabreado, me dio la vuelta y me dio un azote que debió oírse hasta la portería del claustro.

—¿En serio te golpeó? ¿Habrás salido corriendo?

—No quise. Os parecerá una locura, pero el sentir la violencia de sus manos sobre mis nalgas me sorprendió y reconozco que me puso como una moto. Volviendo a mi sitio comencé a pajearme como una loca mientras don Alberto me miraba.

Tanto Ana como Cayetana se quedaron pasmadas al comprobar que su nueva amiga se volvía a calentar solo con recordarlo y mantuvieron silencio, mientras la latina les contaba que no tardó en correrse al sentir los ojos del tipo fijos en su sexo.

—¡Fue una pasada sentir que me observaba! Al contrario que con los chavales de clase, el profe no intentó nada hasta que comprendió que mi chocho era un volcán en erupción. Entonces y solo entonces, metió su cara entre mis muslos y me regaló la mejor comida que jamás me habían dado.

—Y después de eso, ¡te follo!— insistió Ana alucinada.

—No. Como os comenté don Alberto es un viejo zorro y tras regalarme un orgasmo de época solo usando la lengua, me obligó a vestirme y mientras me decía que ya tenía asegurado el aprobado, me soltó que si quería más nota debía de ir a verlo a su casa.

Interesada en saber si había accedido, Cayetana la preguntó que había sacado en esa asignatura, a lo que la tetona de piel oscura respondió:

—¡Sobresaliente!

—¡Serás puta!— desternillada de risa, replicó mi amiga: —Me maté a estudiar y solo saqué un seis.

Siguiendo la guasa, Altagracia contestó:

—Yo y mis tres agujeros nos lo ganamos. No te imaginas la mente tan perversa y las ganas de sexo que tiene el profe.

—¿Nos estás diciendo que te dio por culo?

Sin cortarse un pelo, la latina respondió:

—Hasta entonces podía ser muy guarra, pero era muy tradicional y don Alberto abrió mi mente a todo tipo de sexo.

—¿Qué más te hizo hacer?— intrigada suplicó la rubia.

En vez de responder, se terminó el botellín y mientras hacía una seña a Cayetana para que se lo repusiera, contestó:

—Mejor os cuento… esa tarde llegué a su casa totalmente cachonda, pero sin saber a ciencia cierta que resultaría de todo ello. Seguía pensando que un hombre de su edad no podía ser un buen amante. Por eso, me sorprendió que una mujer vestida como las doncellas de antes fuese la que abriera la puerta y más que llevándome hasta el salón le dijera al profe: —Amo, su visita ha llegado.

—¡No te creo! ¿Don Alberto tiene una sumisa?

—Así es, tengo entendido que además es la dueña del piso donde vive— replicó la mulata.

No sabiendo hasta qué grado era verdad lo que les estaba contando, mis amigas rogaron a su nueva amiga que les terminara de contar lo sucedido.

—Nada más llegar, me pidió que me sentara junto a él y deseando que me metiera mano, obedecí de inmediato… pero para mi sorpresa el vejestorio me preguntó hasta donde estaba dispuesta a llegar y con una calentura brutal al ver que la criada se arrodillaba ante él, contesté que por un notable a todo.

—¿Y él qué dijo? - Ana preguntó.

—Que si venia solo por la asignatura, ya podía irme. Pero que si me quedaba aprendería en una sesión más sexo que en toda mi vida.

—Alucinante, nunca lo hubiese sospechado— murmuró Cayetana.

—¿Qué contestaste?— llena de curiosidad, le apremió mi amigota.

—Dije que no tenía nada mejor que hacer y que me quedaba.

—¿Entonces que pasó?— azuzada por la curiosidad y bastante acalorada, Ana preguntó.

—Sonriendo, me soltó que esa tarde solo iba a observar y llamando a la muchacha que permanecía arrodillada en el suelo, le dijo que ya sabía qué era lo que esperaba de ella. Os juro que jamás me hubiese imaginado ser testigo de cómo una hembra como aquella se acercaba gateando al profesor y menos que llevando la boca a su bragueta, se la abriera usando solo los dientes.

—¿Seguro que no te lo estás inventado?— en plan suspicaz, comentó la rubia.

—Para nada. Es todo verdad. Tan cierto como que el profe tiene un rabo enorme y que sabe cómo usarlo.

—Sigue contando, yo te creo— con tono bastante alterado, dejó caer Cayetana.

Satisfecha por el interés de su compañera de clase, Altagracia continuó diciendo:

—Imaginaros mi alucine cuando ese putón empieza a restregar su cara en la entrepierna de don Alberto mientras maullando le dice que su gatita tiene sed.

—¿Y qué le contestó?— ya lanzada la morena interrogó a la latina.

—Nada, ¡Absolutamente nada! Se quedó callado mientras la mujer se afanaba en sacarle la polla del encierro y solo cuando tuvo éxito, mirándome a los ojos, me soltó que observara como se hacía una mamada en condiciones.

—¿Qué hiciste?

—Mirar y aprender— Altagracia respondió: —No os podéis hacer una idea lo cachonda que me había puesto el ver que sin hacer uso de las manos su sumisa había conseguido liberar el trabuco del profe y más cuando me percaté que a pesar de ser un viejo tenía un aparato cnorme.

—¿Lo tiene grande?— preguntó bastante menos tranquila de lo que hubiese deseado Ana con lo que estaba oyendo.

—Grande y gordo, lleno de venas. Era algo tan increíble que os confieso que, si me lo llega a exigir, me hubiese cambiado por ella… desgraciadamente, no me lo pidió y por eso me tuve que conformar con mirar mientras mi coño se humedecía como pocas veces al observar que, abriendo los labios, esa zorra se engullía esa hermosura.

—Joder, debió de ser alucinante— susurró la rubia ya excitada.

—¡Así fue! Su sumisa consiguió embutirse ese aparato en la garganta mientras don Alberto no me perdía ojo viendo mis reacciones. Al observar el color de mis mejillas, el viejo riendo me dio permiso para masturbarme. Como ya lo había hecho ante él, no me dio vergüenza el hacerme un dedo cuando de reojo vi que la doncella se metía en la boca los huevos del profe.

—¿Te pajeaste mientras se la mamaba?

—Sí - reconoció la latina: —Hubiese deseado comérsela yo, pero no pude y por eso usé mis manos para aliviar mi calentura mientras a mi lado esa zorra ordeñaba al que ya sabía que iba a ser mi primer maduro.

—Putísima madre, no sé si yo hubiese podido contenerme— respondió Cayetana mientras juntaba sus rodillas para contener su creciente excitación.

—Yo tampoco— reconoció mi otra amiga con sus pitones completamente erizados.

Advirtiendo el efecto que sus palabras estaban provocando en sus compañeras, Altagracia continuó:

—Imaginaros entonces, la lujuria que sentí al ver que explotando don Alberto llenaba de semen la cara de su sumisa y que ésta en vez de mostrar desagrado le daba las gracias por el regalo.

La imagen de la doncella con el rostro lleno de lefa exacerbó el interés de mis amigas y ya entregadas a la narración, le rogaron que siguiera con la historia. Altagracia que no era tonta y que sabía que esa invitación escondía un propósito aprovechó la situación para decir que antes de continuar quería saber para qué la habían agasajado con esa merienda.

Cogida en un renuncio, Ana respondió con las mejillas coloradas:

—Habíamos pensado en pedirte que te tiraras a Pedro, nuestro amigo.

—¿Al enano? - escandalizada exclamó la latina.

—Sí, el pobre todavía es virgen y queríamos solucionarlo.

Altagracia se quedó callada, pero tras meditarlo durante unos instantes contestó qué ganaría ella. Totalmente abochornada, Cayetana intervino diciendo:

—Además de hacer una buena obra, estamos dispuestas a darte cien euros.

El silencio que siguió a la oferta hizo a mis amigas dudar que aceptara, pero justo cuando ya se iban a disculpar la tetona contestó:

—Con tres condiciones. Primera, me uniré a vuestra pandilla. Segunda, durante dos semanas, me pagareis además todas las copas que me tome y tercera… como no me fio quiero sacaros una foto mientras os dais un beso con lengua para que no os podáis echar atrás.

Esa contra propuesta, las pilló con el pie cambiado y ambas se negaron a esto último, pero al ver que Altagracia no cedía fue Ana la que dio su brazo a torcer diciendo:

—Estaríamos en tus manos con esa foto… podríamos aceptar si nos permites sacarte una en pelotas haciéndote un dedo.

—Así me gustan las negociaciones - rugió descojonada la mulata y antes de que pudieran retirar la proposición, se empezó a desnudar frente a ellas.

—¡Lo va a hacer!— mirando a su amiga, exclamó Cayetana.

—Ya veo— contestó Ana impresionada con el striptease de su compañera y sabiendo que habían cruzado una frontera que nunca hubiesen imaginado traspasar, se quedaron observando el cuerpazo de la latina.

«Está buena la cabrona», pensó Ana mientras grababa con su móvil las andanzas de su nueva socia.

Dando por sentado que cumplirían, Altagracia se quitó el sujetador liberando unas tetas grandes y duras que sin lugar a duda disfrutaría el enano en pocos días, y más excitada de lo que debería al contemplar que sus compañeras inmortalizaban la escena con sus teléfonos, se despojó de las bragas.

—¿Creéis que Pedrito será capaz de satisfacerme o será otro acomplejado de pito pequeño?

Descubriendo ante el resto que sabía de primera mano el tamaño que luzco bajo los calzones , Cayetana respondió:

—Por eso no te preocupes, lo tiene enorme.

Ana al escucharlo, se la quedó mirando y sin reconocer que ella también había tenido mi polla entre sus dedos, no dijo nada mientras fotografiaba cómo Altagracia totalmente en pelotas se acostaba en el sofá.

—Al final, puede que resulte divertido— riendo murmuró mientras separaba sus piernas de par en par.

Ambas se dieron cuenta de que no lo llevaba rasurado y viendo la espesura de su chocho, por primera vez temieron que fuese demasiada mujer para su amigo. Ese temor se incrementó exponencialmente cuando con una yema torturando su clítoris, les exigió que se dieran el beso.

Asustadas y temerosas de lo que iban a hacer, se acercaron una a la otra y cediendo a la curiosidad, juntaron sus labios.

—Habéis quedado que iba a ser con lengua— desde el sofá reclamó la latina.

Reconociendo que era así, Cayetana fue la primera en forzar los labios de su amiga de la infancia y para su sorpresa, Ana no solo no la rechazó si no que urgida por saber que sentía respondió con pasión a ese beso mientras a sus oídos llegaba los gemidos de placer de la testigo de su entrega.

—Suponía que erais tan putas como yo, nunca que erais lesbianas— escucharon que les decía muerta de risa: —Pero os reconozco que me pone bruta veros.

Ajenas a su burla, la dos confidentes desde crías disfrutaron de unas caricias nunca deseadas y para su sorpresa, ambas sintieron que era la consecuencia lógica de su amistad y que, ya que habían compartido desde el kínder todo, era hora de que compartieran algo más. Por ello, siguieron besándose y acariciándose durante unos minutos hasta que los gritos de placer de Altagracia las despertó y totalmente coloradas se retiraron una de la otra, sabiendo que algún día tendrían que profundizar en esas nuevas sensaciones.

Intentando disimular el frenesí que se había instalado en ella, Ana pidió a la mulata que continuara con la historia. Esta soltando una carcajada, comentó:

—No me puedo creer que seáis tan ilusas de tragaros que he estado con ese anciano.

Y levantándose, fue en pelotas a la cocina y trajo tres cervezas mientras en el salón Cayetana y Ana reían desternilladas por el engaño…

5

Ajeno a los planes que mis amigas habían urdido, ese viernes como tantas veces aparecí por Cats sin otra intención que tomar unas copas. Sin saber que mi estreno en el plano sexual estaba cerca, saludé a Ana.

—Pedro, ¿conoces a Altagracia?— señalando a una latina de grandes tetas y piel oscura, me preguntó.

Aunque había visto a esa chavala deambulando por los pasillos, nunca había hablado con ella, por lo que extendí mi mano regordeta para saludarla un tanto cortado por su altura. No en vano, esa mulata era altísima. Ella riendo a carcajada limpia se agachó y me dio un beso en la mejilla sin caer en que al hacerlo y desde mi ángulo me regalaba una completa y calenturienta visión del canalillo de sus ubres.

«¡Menuda delantera!», pensé mientras el perfume barato que se había puesto impregnaba mis papilas.

La chavala se percató de mi mirada haciéndome enrojecer, pero lejos de tomárselo a mal acomodándose los pechos dentro del top que llevaba me hizo saber que no le importaba diciendo:

—¡Qué mono eres!

Ese desparpajo junto con su acento caribeño me encantó y aunque pensé en quedarme con ella, mi timidez me lo impidió y en vez de ello, fui a la barra a pedir un ron. Como otras veces, me preparé a escalar un taburete para llamar al camarero, pero en ese momento sentí que alguien me izaba en volandas y me ayudaba a sentar.

Cabreado, iba a mentar la madre a mi inesperado bienhechor cuando al girarme me encontré que la muchacha que me acababan de presentar era quien se había tomado la libertad de tomarme al vuelo.

—Mucho mejor así— dijo la chavala mientras se sentaba a mi lado.

—¿A qué te refieres?— pregunté cortado viendo que, contra de lo que era usual, esa monada no se sentía repelida por mi presencia.

Sonriendo de oreja a oreja, respondió:

—Me gusta mirar a los ojos a los amigos y sentados no parece que te llevo tantos centímetros.

Que ya me considerara su amigo, me extrañó. Pero dada mi carencia de ellos y el atractivo que destilaba por sus poros decidí aceptarlo:

—Guapetona, ¿quieres tomar una copa?— pregunté mientras me forzaba a retirar mi vista de su tetas.

—No, mi amor. Tengo el vaso lleno— respondió.

Sentada era menos impresionante y por ello pude establecer una conversación más o menos tranquila con ella, conversación en la que al fin pude hasta resultar encantador sin que se me notara la atracción que me provocaba y aunque suene un farol, creo que ella disfrutó de mi compañía.

Todo se torció al cabo de una hora cuando, en un gesto que a otros pudiera resultar normal, tomó mi mano. Nuevamente nada me había preparado para ese contacto y menos para que mirándome a los ojos me preguntara si tenía novia.

—¿Te crees que existe alguna mujer que se pueda sentir atraída por mí?— respondí enfurruñado.

—No todo es el atractivo físico— sin dejar de sonreír contestó.

De muy mala leche y retirando la mano, le solté que eso solo lo decía la gente guapa pero que como enano tenía que ser consciente de mis limitaciones.

—¿Me consideras guapa?— entornando los ojos dejó caer mientras recuperaba mi mano.

—Lo eres— repliqué totalmente avergonzado al notar que, aunque pareciera imposible, esa preciosa morenaza estaba tonteando conmigo.

Sin dar su brazo a torcer en plan coqueta se levantó del taburete y luciendo su cuerpazo, me preguntó que parte de su anatomía era la que más me atraía.

—Tienes un culo impresionante— reconocí con tono inseguro.

Para mi sorpresa, esa preciosidad se tomó a bien ese piropo y volviendo a su asiento, me soltó:

—Pues fíjate, aun así, yo tampoco tengo pareja.

—Será porque te tienen miedo— contesté.

Por enésima vez en los cinco minutos que la conocía, la morenaza me descolocó al preguntar si a mí me pasaba eso.

—No creo que nadie se sienta intimidado con mi estatura.

Muerta de risa, acercó su silla y con su cara a escasos centímetros de la mía, susurró:

—Quería saber si a ti también te doy miedo.

Todavía hoy no sé cómo me atreví, pero sin retirar la mirada de sus negros ojos respondí:

—Para nada, eres preciosa.

Mi respuesta le hizo gracia y demostrando lo halagada que se sentía con mis palabras, me dio un pico en los labios mientras me decía:

—Eres tan encantador que te comería entero.

Ese sencillo gesto desarboló todas mis defensas y asumiendo que estaba siendo objeto de una broma, le pedí que no me tomara el pelo y me dejara en paz.

—¿Te crees realmente que eso hago?— molesta replicó mientras tomaba su vaso y me dejaba solo: —Eres igual que todos. En cuanto me abro a un hombre, sale corriendo.

Confieso que no me esperaba ese cabreo y por ello me quedé mirando como cruzaba la disco y se sentaba meditabunda en un rincón.

—¿Qué coño le has dicho?— me llegó Ana al ver la escena.

Todavía con la mosca detrás de la oreja, respondí que estaba cansado de que se rieran de mí y que no me creía que estuviera interesada por mí.

—Creo que te equivocas con ella. Altagracia es una buena chica que lo ha pasado muy mal desde que su último novio distribuyó fotos suyas desnuda por medio Madrid.

—¿Y qué tengo que ver yo en ello?

—Nada y mucho. Le he hablado de ti, de lo buena persona que eras y lo mucho que me has ayudado. Te puse como ejemplo para que supiera que hay chavales decentes. Es más, aceptó mi invitación cuando le expliqué que tu ibas a estar aquí.

—No lo sabía— siéndome una piltrafa, musité.

—Vete a disculpar— señalando a la morena que parecía a punto de llorar, me ordenó.

Abochornado por mi falta de tacto, bajé del taburete y metiéndome entre la gente, fui en su busca. Altagracia no me vio llegar y por eso le sorprendió escucharme decir que lo sentía mientras acariciaba su melena rizada.

—¿A qué vienes? Puedo soportar que la gente piense que soy un putón, pero no que me rio de un pequeñajo.

—No soy un pequeñajo, soy un enano que además es un idiota… que no está acostumbrado a que nadie lo trate bien— contesté: — ¿Podemos volver a empezar? Me llamo Pedro y ¿tu?

—Altagracia, otra idiota que tampoco ha recibido mucho cariño últimamente.

—Si me dejas, tengo mucho cariño que dar— respondí y lanzándome directamente al precipicio le devolví el dulce beso que me había regalado ello unos minutos antes. Todavía no comprendo como tuve el valor de hacerlo. Era suicida.

—¿Te importaría acompañarme a casa? Se me han quitado las ganas de estar aquí— con la sonrisa que me había deslumbrado, preguntó.

—Siempre y cuando me eches antes de las doce. Tocando las campanadas, mi disfraz desaparece y me convierto en un rubio príncipe que las trae locas.

Con una tierna pero triste sonrisa, me lo prometió quejándose de que había pensado en pasar la noche conmigo, ya que estaba sola porque sus padres habían salido de la ciudad.

—¿Ahora sí que me estás tomando el pelo? ¿Verdad?

Con una carcajada, me replicó si estaba seguro de que no era una oferta seria.

—Me encantaría que fuera así, pero lo dudo.

Demostrando un descaro desconocido para mí, me tomó de la mano y me llevó fuera del local, diciendo:

—Tienes hasta media noche para averiguarlo.

Mis ciento veinte centímetros resultaron una ventaja porque dada la diferencia de tamaño el culo de esa impresionante mulata fue lo único que vi hasta salir a la calle. Ya en la cera, me preguntó si tenía coche.

—Una mierda, pero al menos anda— respondí abriendo mi destartalado Ibiza.

Mientras me encaramaba a mi asiento, se sentó en el suyo diciendo que me quedara claro que si se convertía en mi novia quería que a partir de esa noche le abriera la puerta.

—¿Te han dicho que estás como una puta cabra?— despelotado por su ocurrencia respondí.

Riéndose descaradamente de mí, me replicó:

—Acaso esta negra no es lo suficiente mujer para soñar que mi adorado enano me pida salir.

—Estás jugando con fuego… este enano puede ser muy perverso— dije mientras encendía el motor.

Al ver que no me contestaba la miré y descubrí que observaba con interés la adaptación que me permitía conducir.

—Es un acelerador de moto. Como verás, no llego a los pedales.

Lejos de cortarse al verse descubierta, me respondió que le encantaba comprobar que sabía superar sus limitaciones y que le gustaría ser como yo.

—¿Un puto enano?

—No, tonto. Una persona que no se deja vencer por los problemas— respondió mientras me decía la dirección de su casa.

Por alguna razón después de darme las señas, esa monada se hundió en un mutismo tan raro como completo. Desconociendo la mentalidad femenina creí que se había arrepentido y por ello al llegar a su portal me despedí de ella.

—¿No subes?

El tono desolado de su pregunta me destanteó y apagando el coche, le pedí que se quedara sentada. Intrigada por mi petición, me obedeció y dándome prisa, bajé del coche y le abrí la puerta.

—¿Me estás pidiendo que salga contigo?— ilusionada murmuró al ver mi gesto caballeroso.

Imitándola, respondí:

—Tienes hasta media noche para averiguarlo.

Me encantó comprobar su alegría, pero no que alzándome del suelo Altagracia me besaba mientras mis pies quedaban a casi un metro de altura. Aun así, respondí con pasión y por primera vez en mi vida, mi lengua jugueteó con la de una mujer dentro de su boca.

—Bájame— le pedí cuando nuestro beso terminó: —No querrás que me rompa la crisma.

No tuve que volvérselo a decir porque o bien comprendió mi embarazo o mis treinta y ocho kilos eran demasiados para tenerme en volandas.

—Ven, acompáñame— alegremente me pidió mientras subía las escaleras de dos en dos.

Al no poderle seguir el ritmo, me atrasé y tras perderla de vista, asumí que el apartamento donde vivía era el único que cuya puerta estaba entornada.

—¿Altagracia?— pregunté tocando antes de entrar.

—Pasa… perdona, pero estaba sedienta… estoy preparando unos mojitos.

Tras subir a trompicones los dos pisos estaba con flato, pero lo que me dejó sin resuello fue encontrarme con que en los pocos segundos que había tardado en llegar se había cambiado.

¡Descalza y con solo una camiseta cubriendo su casi metro ochenta estaba moliendo hielos en mitad de la cocina!

Al ver mi cara de sorpresa, me pidió que me sentara en el sofá mientras terminaba las bebidas. Aceptando su sugerencia, me puse cómodo mientras observaba el modo en que meneaba su pandero bailando al son de la música mientras mezclaba el ron con el zumo de lima y la hierbabuena.

«Dios, ¡qué buena está!», me dije ensimismado admirando la perfección de esos negros muslos con los que la naturaleza la había dotado.

Ajena al minucioso examen al que la estaba sometiendo, Altagracia no paró de hablar mientras elaboraba la que según ella era su especialidad.

—¿Sabes que eres el primer hombre que traigo a casa?— dijo de vuelta al salón y tras ponerme un mojito en mis manos, se sentó en el suelo.

—Será porque no me tienes miedo— respondí al tiempo que cataba esa especialidad cubana.

—¿Te gusta lo que te prepara tu negra? - preguntó con su desparpajo habitual y antes de que pudiera hacer algo por evitarlo, llevó sus manos a mis zapatos y me los quitó.

—¿Qué haces?— respondí impresionado por la naturalidad de la mulata al hacerlo.

—Cuidar a mi hombre— susurró mientras acariciaba mis pies con sus dedos.

Que se refiriera a mí así, me sonó a música de Beethoven y por ello no caí en las dos lágrimas que en ese preciso instante recorrían sus mejillas.

—¿Qué te ocurre? - pregunté al darme cuenta.

Secándoselas con la camiseta, contestó:

—Estoy feliz de haberte pedido que vinieras. Eres un cielo. Cualquier otro al que hubiese invitado, ya estaría tratando de aprovecharse de mí.

Su tono ilusionado me hizo saber que su vida tampoco le había sido fácil y tomándola de la barbilla, le susurré al oído:

—¿Quién te ha dicho que no pienso hacerlo?

La suavidad de mi voz desmoronó a la mulata y con una sonrisa, me rogó que no me convirtiera en el rubio príncipe porque le gustaba tal y como era. Enternecido, se lo prometí siempre y cuando ella no se convirtiera en la bruja mala del cuento.

—Puedo ser muy buena— respondió y para demostrar con hechos sus palabras, se agachó.

Ni en mis sueños más guajiros me hubiese imaginado que esa noche, separando sus labios, esa monada comenzaba a recorrer con su lengua los dedos regordetes de mis pies mientras me imploraba que fuera buena con ella. No me acompleja reconocer que me excitó sentir como se los metía en la boca y se recreaba lamiendo algo que a otra mujer le hubiese al menos repelido.

—Llevo más de una hora soñando con esto— levantando su mirada señaló con una alegría tan intensa que parecía producto de alguna extraña paranoia.

Mi inexperiencia me impidió reaccionar y mientras Altagracia embadurnaba con su saliva mis pies, en silencio advertí que esa chavala se iba calentando exponencialmente sin que yo tuviese que hacer nada.

—Dime que quieres que sea tu novia— sollozó restregando las piernas entre sí en un intento de demorar su clímax.

«No me lo puedo creer», me dije al descubrir en ella los primeros síntomas del orgasmo.

A los pocos segundos comprobé que no me equivocaba porque pegando un prolongado gemido Altagracia comenzó a convulsionar de placer.

—Lo siento mi amor… ¡me corro!— chilló retorciéndose en el suelo.

Sus palabras despertaron mis sospechas, sospechas que quedaron totalmente confirmadas cuando, al terminar de correrse y mientras seguía despatarrada frente a mí, me rogó que no me enfadara con ella.

—¿Por qué debería enfadarme?— pregunté.

—Amor, me he corrido sin tu permiso— todavía con la respiración entrecortada respondió.

Para mi sorpresa comprendí que, tras una vida marcada por los abusos, la mulata había desarrollado una dependencia por sus parejas y que, acostumbrada a la violencia, veía en mi comportamiento tranquilo y tierno una nueva forma de dominio contra la que no sabía actuar.

«Sabe cómo reaccionar a la coacción, pero ante el cariño está indefensa», sentencié al observar que Altagracia me miraba fijamente como si esperara unas órdenes que no llegaban.

—Nunca podía enfadarme con una princesa— susurré haciendo tiempo para asimilar lo que estaba sucediendo.

Por el brillo de su mirada confirmé que mis conjeturas tenían bases sólidas y que quizás pudiera hacer que bebiera de mis manos, usando un poco de inteligencia.

—Dios, esto está buenísimo— dije terminándome el mojito: —No sé qué me apetece más, si beberme otro o comerte la boca.

—¡Puedes tener ambos!— contestó y lanzándose sobre mí, me besó haciéndome gozar de sus carnosos y exuberantes labios mientras en el interior de su mente trataba de digerir la atracción que sentía por un enano.

A pesar de mi novatez en esos asuntos, no perdí la oportunidad de amasar sus pechos y más cuando escuché el berrido que pegó al notar que cogía uno de sus pezones entre mis yemas.

—Relájate y disfruta. Te lo has ganado— murmuré en su oído mientras con una de mis manos le subía la camiseta.

Altagracia tomó mi sugerencia como una orden y se mantuvo quieta, pero expectante mientras se la terminaba de quitar.

—Sé bueno conmigo— insistió con la respiración entrecortada al comprobar que acercaba mi boca a sus tetas.

—Eres tú la que me debe tener paciencia, ¡es mi primera vez!— respondí metiéndome una de sus erizadas areolas en la boca.

Al confirmar mi virginidad, algo en su cerebro hizo crack y con una ternura apabullante me pidió que me pensaba el entregarle ese regalo.

—No tengo que pensármelo— dije retirando mis labios de su pezón

—Soy un putón que ha estado con muchos— respondió.

Sonriendo tiernamente, contesté:

—Puede ser, pero ahora eres mi novia.

Durante unos segundos, se quedó paralizada:

—Amor mío, ¿te importaría que nos fuéramos a mi cuarto?— susurró con una timidez que nada tenía que ver con su desfachatez inicial.

Mi sonrisa la hizo reaccionar y por segunda vez en la noche, Altagracia me tomó en sus brazos y me llevó hasta su cama donde me depositó suavemente sobre las sábanas.

—¿Te importaría hacerme el amor?— musitó excitada.

No tuve que ser un genio para saber qué era lo que esa preciosidad necesitaba y quitándome la camisa, con tono firme pero dulce, le pedí que se desnudara ante mí.

Durante unos segundos la mulata se quedó mirando mi torso desnudo. En su rostro descubrí que no había rechazo sino atracción y eso me dio el valor para quitarme los pantalones mientras ese pedazo de hembra contemplaba con fascinación el bulto que crecía bajo mi calzón.

—Eres un muñeco— dijo con voz temblorosa.

—Te he pedido que te desnudes— repetí mientras me sentaba en el borde del colchón.

En esta ocasión, no tardó en obedecer y ante mis ojos se despojó de la camiseta.

—Tienes unos pechos maravillosos— mascullé totalmente excitado.

La entonación de mi voz le informó de lo mucho que me gustaba esos dos negros cántaros y en plan coqueto los lució ante mí haciéndolos rebotar dando unos pequeños saltos. Hipnotizado por esas bellezas no me percaté de la mancha de humedad que crecía en sus bragas hasta que mi nueva amiga se acercó juntó a mí diciendo que eran míos. Y es que al ponerse tan cerca, su coño quedó a la altura de mi cara.

—Quítate las bragas— pedí desde la cama.

Altagracia contestó con un gemido de deseo a mi orden y mirándome fijamente a los ojos las fue deslizando mientras me rogaba otra vez que la tratara bien. Su fijación me hizo asumir el maltrato al que la habían sometido sus parejas y por ello al comprobar que se la había quitado, le rogué que se aproximara.

El aroma a hembra necesitada llegó a mis papilas cuando puso su denso bosque a escasos centímetros de mí demostrando nuevamente su urgencia. Me preocupó no estar a su nivel y resultar un fracaso como amante.

—Nunca me he comido un chumino— murmuré y sacando la lengua, le regalé un primer lametazo.

Ni siquiera escuché su sollozo, al estar concentrado en las sensaciones que el sabor agridulce provocaba en mí . Tras analizar lo que sentía durante unos instantes, sentencié que me encantaba y ya lanzado me puse a paladear a conciencia ese manjar.

—Mi amor, ¡no hace falta que complazcas a tu negra!— exclamó descompuesta haciéndome ver que además de maltratarla sus amantes no habían buscado nunca su placer.

—Túmbate en la cama— dando una palmada sobre el colchón, le pedí.

Extrañada con que no intentara aliviar mis necesidades antes que la suyas, obedeció y colocándose en mitad de la cama, esperó pacientemente a que yo me terminara de desnudar para ver que le tenía reservado. Lo que sé que nunca se previó fue que recordando la fijación que había demostrado, me dedicara a besar los dedos de sus pies mientras alababa su belleza.

Ante mi sorpresa, Altagracia se corrió en cuando metí el primero en mi boca y convencido de que eso era lo que esa monada era lo que necesitaba, con una determinación que me dejó acojonado fui lamiendo uno tras otro mientras su dueña se retorcía de placer.

—Mi amor, mi dueño, mi señor— sollozó la mulata presa de la lujuria al experimentar que practicaba con ella su fetiche.

La entrega que estaba demostrando me dio el valor de continuar por sus tobillos y mientras mi indefensa victima unía un orgasmo con el siguiente, fui subiendo por sus muslos.

—Por favor, hazme tuya— me imploró al sentir que mi lengua se acercaba a su sexo.

La evidente calentura de la muchacha me dio una rara tranquilidad al saberme al mando y en vez de cumplir su deseo, entre los hinchados pliegues de su coño, busqué mi objetivo. A pesar de mi inexperiencia, no tardé en encontrarlo y al comprobar que lo tenía totalmente hinchado e inhiesto, me dediqué a mordisquearlo suavemente.

Altagracia se corrió nuevamente al sentir la acción de mis dientes sobre su clítoris, pero en esta ocasión su orgasmo fue explosivo y ante el pasmo de ambos, bañó mi rostro con el geiser que brotó del interior de su cueva.

Por un momento creí que se había meado, pero al comprobar su sabor supe que ese manantial intermitente era su flujo y con mayor determinación me puse a devorarlo.

—Me estas matando— aulló mi presa mientras se pellizcaba los pechos con una fiereza que me preocupó. Pero lejos de paralizar mis maniobras el ver el modo en que se torturaba sus pezones me hizo extender todavía más mi ataque, metiendo una de mis yemas en su chocho.

Su chillido de gozo resonó entre las cuatro paredes de la habitación y ante mis ojos, su cuerpo colapsó de placer mientras sus manos buscaban mi miembro. Al tomar posesión de mi erección, se volvió loca. Cambiando de posición, me tumbó sobre las sábanas sin pedir mi opinión y usando mi verga como ariete demolió de un golpe la última de sus defensas empalándose con ella.

Juro que me hubiese gustado que hubiese sido más lenta la primera vez que penetraba a una hembra, pero nada pude hacer cuando Altagracia empezó a cabalgar desbocada sobre mí mientras me rogaba que me uniera a ella.

—Muévete, putita mía— me atreví a comentar al ver que disminuía el galope.

Ese involuntario bufido exacerbó la lujuria de la morena y mientras se clavaba una y otra vez mi pene, me rogó que lo repitiera.

—¿Qué quieres que repita?— pregunté desconcertado.

Con lágrimas en los ojos, replicó:

—Que soy tu puta, tu negra, tu hembra.

Asustado por la lujuria que destilaba su voz, no pude más que complacerla y llevando mis regordetas manos a sus nalgas, elevando mi tono, repetí lo que me había pedido:

—Eres mi puta, mi negra y mi hembra.

El placer la dominó al escuchar mis palabras y sin que nada me hubiese podido avisar de lo que se avecinaba, Altagracia se desmayó sobre mí con mi polla incrustada en su interior.

«Joder, ¿ahora que hago?», pensé mientras intentaba respirar, ya que su cuerpo pesaba demasiado.

Haciendo un último esfuerzo, pude echarla a un lado y entonces fue cuando realmente me preocupó al ver espuma en su boca y que no reaccionaba. Aterrorizado, empecé a zarandearla.

—Despierta— le pedí mientras decidía si llamar a un médico.

Afortunadamente, la mulata abrió los ojos y emocionado al haberla recuperado, la besé recriminándola el susto que me había dado, pero entonces luciendo una dulce sonrisa susurró:

—Mi pequeño gran hombre ha brindado una lección a su zorrita.

—No soy pequeño, soy un enano— respondí ya más tranquilo y riendo a carcajada limpia, le informé que todavía no me había corrido.

Con una felicidad desbordante, cogió mi verga entre sus dedos y me dijo que eso había que solucionarlo.

—¿Cómo piensas hacerlo?— pregunté despelotado.

Acercando su boca a mi erección, buscó complacerme…

6

Para alguien aquejado de enanismo, el estar en la cama con una diosa de uno ochenta era algo que no estaba a su alcance. Por ello mientras Altagracia se afanaba en buscar mi placer usando su boca como si de su sexo se tratase, me quedé pensando en lo raro que era eso. Al darse cuenta de que mi verga perdía fuelle y que a pesar de sus intentos no conseguía levantarla, la mulata me preguntó que me ocurría.

—No entiendo que has visto en mí— respondí con la mosca detrás de la oreja.

Sus ojos se llenaron de lágrimas antes de contestar que no me enfadara con ella, pero que tenía que comentarme algo.

—¿Qué cosa?— repliqué molesto al saber que lo que me iba a decir no iba a ser de mi agrado.

Con voz temblorosa, me contó la oferta que Ana y Cayetana le habían hecho y cómo había aceptado.

—¿Te has acostado conmigo por cien euros?— indignado pregunté al enterarme.

Llorando como una magdalena, me prometió que no cogería ese dinero mientras me rogaba que no la echara de mi lado porque jamás en su vida se había sentido tan completa como estando conmigo. La angustia que manaba de su tono me hizo saber que no mentía, pero era tanto el dolor que sentía al saberme engañado que me quedé callado sin contestar.

—Te ruego que no me mandes a la mierda. No podría soportar perderte cuando te acabo de encontrar— insistió con expresión desolada: —Haré lo que me digas.

No pude mantenerme indiferente a su tristeza y atrayéndola hacia mí, le acaricié el pelo mientras intentaba asumir que a pesar del engaño esa morena sentía algo por mí.

— Seré tu puta, tu zorra, trabajaré para ti, follaré con otros por dinero, pero no me dejes— sollozó sin moverse de mi lado.

—Nunca te pediría tal cosa— todavía rumiando lo sucedido respondí.

—Pero yo lo haría, si tú me lo exigieras— hundida en la miseria, replicó tapándose la cara llena de vergüenza.

El cabreo que me atenazaba el pecho no era contra ella sino contra el par de zorras a las que consideraba mis amigas e incorporándome sobre la cama, tomé la copa que había dejado abandonada en la mesilla.

—Sé que me he portado mal y que me merezco un escarmiento— escuché que me decía.

—Así es— repliqué todavía digiriendo mi enfado sin saber el efecto que provocarían mis palabras.

Confieso que por ello me quedé pálido al ver que la mulata cogía un cinturón de su armario y volviendo a mi lado, me lo daba.

—¿Qué quieres que haga con esto?— pregunté.

A cuatro patas sobre el colchón y poniendo su culo en pompa, me pidió que la castigara. Por un momento estuve tentado en satisfacerla, pero recordando el maltrato que había sufrido con sus anteriores parejas me dije que yo no iba a ser uno más y en vez de ello, usando mis yemas recorrí con cariño las duras nalgas que me ofrecía.

Altagracia creyó que esas caricias eran un mero preludio con el que quería destantearla y por eso temblando como un flan, esperó su escarmiento. Para su sorpresa nunca llegó y en vez de dolor, recibió unos inesperados besos en los cachetes.

—Necesito que me hagas saber que me perdonas y para ello debo sufrir tu castigo— me imploró mientras me daba nuevamente el cinturón para que la azotara.

Soltando una carcajada, separé sus nalgas y lamí su chocho mientras le decía:

—No has hecho nada que se merezcan unos azotes, putita mía.

Sin cambiar de posición, me miró ilusionada.

—¿Sigo siendo tu putita?

—¿Me crees tan idiota para echarte de mi lado cuando eres capaz de hacer estos mojitos?— pregunté sonriendo.

Demostrando una voracidad sexual fuera de lugar, apoyó su cara en la almohada mientras me decía:

—Ya que mi dueño no quiere castigarme, al menos el enano debería echar otro polvo a su negra.

Su descaro me encantó y por arte de magia mi verga renació de sus cenizas. Cogiéndola entre mis manos, tuve que ponerme de pie sobre el colchón para alcanzar su coño y sin mayor prolegómeno, se la ensarté hasta el fondo mientras le pedía que se moviera.

—Dios, ¡qué grande la tienes!— rugió al sentir que la llenaba por completo.

Agarrándome a su cintura, comencé a moverme mientras ella no paraba de reír histéricamente comentando lo que se perdían Cayetana y su amiga al no haberse acostado conmigo.

—Eres un putón desorejado— muerto de risa, repliqué mientras le daba un cariñoso azote en sus ancas.

—Soy tu puta, ¡de nadie más!— exclamó aceptando ese gesto con alegría.

La humedad que de improviso anegó su coño me informó que para ella eso no era maltrato y cediendo parcialmente a sus deseos, marqué el ritmo de mis penetraciones con sonoras pero indoloras nalgadas.

—Muévete, mi zorrita de ébano.

Y dando un pequeño giro a nuestra relación, le espeté que era una orden. Nuevamente, Altagracia se sintió dichosa al escucharme y convirtiendo su coño en una batidora, zarandeó mi polla mientras reconocía su carácter sumiso al decir:

—Mi señor es mi dueño y nada me complacería más que sentir que se derrama en el chumino de su amada negrita.

Su entrega despertó al gran dominante que se escondía dentro de mi pequeño cuerpo y tomando el mando de mis actos, seguí follándomela mientras le decía que se fuera preparando porque esa noche haría uso de todos sus agujeros.

—Mi vida y mi culo son tuyos — replicó y mostrando nuevamente su facilidad para el orgasmo, se corrió berreando como cierva en celo.

7

Tras una noche llena de pasión, me desperté abrazado a ella y la diferencia de tamaño quedó de manifiesto al percatarme que, habiendo usado sus pechos como almohada, mis pies llegaban a la altura de sus muslos.

—Eres enorme— murmuré al levantar mi mirada y ver que estaba despierta.

—Y tú, un jodido enano— contestó luciendo su mejor sonrisa.

Esa respuesta en otro caso me hubiese cabreado, pero al ver el cariño que destilaban sus ojos, me reí y pegando un pequeño mordisco en una de sus ubres, le pedí más respeto con su dueño.

—Mi señor debe perdonar a su deslenguada negra— respondió mientras ponía su otro pecho para que repitiera en él el mismo tratamiento.

Satisfecho, mordisqueé durante un par de minutos sus negras tetas mientras recapacitaba que a pesar de la forma en que se había entregado a mí, que no iba a dejarla suelta, no fuera a buscarse otro. Mi insistencia sobre sus pechos provocó que se excitara e impulsada por su extraña forma de amar, me pidió permiso para ser ella.

—No te entiendo— respondí.

Con las mejillas coloradas y sin mirarme a los ojos, dijo con tono insegura que, aunque me pareciera extraño, necesitaba demostrar a su dueño quién era en realidad.

—¿De qué hablas?

La morena se tomó unos momentos para contestar:

—Desde niña he soportado que los hombres me observen con deseo y eso me daba asco. En cambio, si tú me miras, me pones cachonda y por eso me gustaría cumplir un sueño.

—¿Qué sueño?

Avergonzada hasta la médula, tartamudeó:

—Mas.. masturbarme frente a ti.

Reconozco que estuve a punto de reírme de ella, pero justo cuando una carcajada pugnaba por surgir de mi garganta, comprendí que tras una vida soportando que la gente se sintiera excitada sin que ella hiciera nada por provocarlo, quería experimentar que se sentía al buscar intencionalmente mi lujuria.

—¿Cómo quieres hacerlo?— pregunté.

Al oír que no ponía el grito en el cielo y que aceptaba ser su conejillo de indias, abrió el cajón de su mesilla y sacó un instrumento que no reconocí.

—Es un satisfyer— me informó, pero viendo que me había quedado igual, se tomó unos segundos para explicar que era un succionador de clítoris.

—No tengo ni puta idea de cómo funciona— confesé.

—¿Te importa que te lo explique probándolo?— musitó con voz temblorosa.

—Me encantaría— respondí mientras acomodaba la almohada para no perderme nada de la demostración.

Incorporado y con mi espalda apoyada en el cabecero de la cama, observé que Altagracia dudaba. Decidido a no perderme el espectáculo de verla pajeándose, se lo exigí mirándola a los ojos:

—¿Te importa que piense en ti mientras lo hago?— dijo.

Al escucharla, se me ocurrió añadir otra dosis de morbo a la escena y sabiendo que no se iba a negar, se lo permití siempre y cuando me fuera narrando las imágenes que llegaban a su mente.

Acomodando brevemente sus ideas, la bella mulata me sorprendió diciendo:

—Estoy saliendo de la universidad y escucho que Cayetana me llama desde su coche. Al girarme veo que Ana le acompaña, pero hasta que me acerco no descubro que tú está sentado en el asiento de atrás.

Asumiendo que lo que desea es que intervenga dirigiendo la historia, le digo:

—¿Nos acompañas?

Su sonrisa me reveló que no me había equivocado.

—¿Dónde vamos?, pregunté y sin esperar a que mi dueño me contestara, me subí junto a él. Mi señor me recibió con un beso, un beso casto… muy lejos de esos húmedos y profundos que me regala cuando estamos solos. Molesta, murmuré en su oído si ya no le gustaba su negra.

—Claro que me gustas— repliqué: — pero tenemos compañía.

Justo en ese preciso instante, Altagracia encendió el satisfyer y mientras a mis oídos llegaba su sonido, continuó:

—Al escucharte decir que te seguía gustando, decidí que no me importaba la presencia de esas dos y tomando tu mano, la puse sobre mi muslo.

Instintivamente, sobre la cama, la mulata abrió sus rodillas.

—Me encantó saber que a ti tampoco te importaban que estuvieran y que lentamente me empezabas a acariciar la pierna con tus yemas.

Con la mirada fija en su coño, vi cómo con dos dedos separaba los pliegues y acercando el cabezal del vibrador lo posaba sobre su clítoris. Al hacerlo, pegó un gemido:

—Estaba todavía esperando que tus caricias se hicieran más atrevidas cuando Ana se dio la vuelta y te pilló subiendo mi falda. Y lejos de enfadarse, te guiñó un ojo dando por sentado que no le molestaba que me tocaras.

—Es mía y solo mía, respondí a la copiloto para acto seguido demostrarle que era así acariciándote por encima del tanga— proseguí yo mientras sobre las sábanas Altagracia incrementaba la velocidad con la que el aparato succionaba su negro botón.

Mi mulata al oírme sollozó y elevando su tono, imitó el acento de mi amiga diciendo:

—No es justo, a mí no me has tocado así nunca.

Muerto de risa y mientras mi pene empezaba a sufrir las consecuencias de lo que estaba viendo, respondí:

—Porque no tienes unas tetas tan grandes y duras como las de mi negra.

La aludida sonrió al continuar:

—Tras lo cual, llevaste tus manitas a una de mis ubres y me regalaste un pellizco. Ana al verlo, se giró hacia Cayetana y tras contarle lo que había visto, se quejó. La rubia sin soltar el volante llevó su mano derecha hasta el pecho de su amiga y la consoló jugando con su pezón con dos yemas.

Confieso que no esperaba que incluyera a mis inseparables compañeras en la historia, pero nunca que las hiciera participar en plan lésbico. Intrigado por cómo iba a terminar, comenté:

— Al ver lo que hacía Cayetana, te ordené que te desabrocharas la camisa porque quería demostrar a ese par de putas, la belleza de tus senos.

—Sabiendo que me lo pedías porque querías fanfarronear de la novia que involuntariamente ese par de cabronas te habían conseguido, desnudé mi torso dejándome todavía puesto el sujetador negro que me regalaste el segundo día que nos vimos.

«Será zorra, ¡me está diciendo que le regale ropa interior!», pensé mientras observaba como el sudor había hecho aparición en su frente y más excitado de lo que hubiese imaginado, expliqué que aproveché para liberar uno de sus pechos del encierro.

—Al ver que sacabas una de mis tetas, comprendí que tus deseos era que la pusiese a tu disposición y por ello sin impórtame que la zorra de Ana nos estuviera espiando puse mi negro pezón en los labios de mi señor.

—Recibí tu regalo con ilusión, pero confieso que más ilusión me hizo escuchar que desde el asiento del copiloto Ana alababa tanto la forma como el tamaño de tus senos y muerto de risa, la pregunté si quería probar.

Pegando un prolongado gemido, la mulata intervino diciendo:

—La muy zorra me deseaba desde hacía tiempo y por eso al escuchar que le dabas permiso para mamar de mis tetas, no se lo pensó y saltando al asiento de atrás, llevó mi pecho a su boca y comenzó a lamerlo con desesperación.

Riendo por su ocurrencia, tanteé el terreno diciendo:

—Aprovechando que estaba ocupada, metí las manos entre las piernas de Ana y le bajé las bragas.

—Yo también quiero que me las bajes— aulló con el satisfyer haciendo su labor entre sus pliegues.

—Al escuchar a mi negra celosa, me bajé del asiento y me acerqué a ella y con mis dientes desgarré su tanga para que supiera quién mandaba.

—Al sentir la boca de mi pequeño gran hombre destrozándome mis bragas, llevé las manos a la camiseta de tirantes de su amiga y se la rompí en venganza. La muy puta creyó que lo que quería era tener sus téticas a mi alcance y poniendo su cara de fulana se atrevió a poner su minúsculo pechito en mi boca mientras mi dueño introducía un dedo en el interior de su coño. Cabreada porque disfrutara de algo que debía tener reservado únicamente para mí, hinqué mis dientes en el ridículo grano que ella llamaba teta.

Por segunda vez, Altagracia demostró sus celos y queriendo castigarla, le lancé un órdago diciendo:

—Ana berreó de dolor al sentir ese cruel mordisco y te rogó que la soltaras, prometiendo que te resarciría con lo que le dijeras. Viendo que no dabas tu brazo a torcer y que seguía aferrada a su pezón, te ordené que la soltaras. Ana suspiró aliviada al sentir que obedecías, pero entonces y mientras le metía un segundo dedo, la exigí que cumpliera su palabra.

Poniendo al máximo la potencia del satisfyer, la mulata bramó que la historia era suya. Muerto de risa al observar los primeros indicios de placer en Altagracia, le pedí que continuara:

—La puta de tu amiga malinterpretó tus palabras y creyendo que lo que le pedías era el complacerme, hundió su cara entre mis muslos— dijo gritando mientras se imaginaba que el cabezal de plástico que estaba torturando su clítoris era la lengua de Ana.

La calentura de mi negrita me terminó de excitar y mientras cogía mi pene entre mis dedos, continué con la historia diciendo:

—Cayetana que hasta entonces se había mantenido mirando a través del retrovisor, esperando a que le diera entrada, decidió que ella quería participar. Envidiando el hecho de que mi amada mulata recibiera los lametazos de Ana y ella nada, aparcó el coche.

Temblando sobre el colchón, Altagracia continuó:

—La rubia demostró lo guarra que es saltando hacia donde estaba mi dueño y no contenta con separarme de tu lado, se introdujo tu amada polla en la boca. Pero mi señor sabe que su pene es solo mío y queriendo dar una lección a esa odiosa, la giró sobre el asiento y la ensartó por el culo.

Desde el cabecero vi que mi mulata se había dado la vuelta sobre la cama y me invitaba levantando su trasero. Olvidando mi quietud, me acerqué a ella y separando sus negros cachetes, deposité en su ojete un poco de saliva mientras decía:

—Los gritos de Cayetana exacerbaron tu lujuria y presionando con las manos sobre la cabeza de Ana, la forzaste a profundizar con la lengua en tu chocho.

Dominada por el placer, la morena no se quejó al sentir que jugueteaba con su entrada trasera y ello me dio pie para decir:

—Y demostrando que además de negra era celosa, Altagracia retiró a la rubia de encima de su señor y le pidió que fuera a ella a quien le rompiera el trasero.

Mientras relajaba su esfínter, mi mulata dijo entusiasmada:

—Mi amado dueño decidió que al ser mi primera vez por ese agujero que iba a tener cuidado y acercando su erección hasta mi culo, me desvirgó lentamente.

Siguiendo sus palabras, posé mi glande en el ojete de Altagracia, para acto seguido con un suave empujón insértaselo apenas unos centímetros.

—¡Dios!, grité al sentir que mi señor entraba en mí y temerosa de que me desgarrara por dentro le pedí que lo hiciera con prudencia.

Curiosamente, su negro culazo iba absorbiendo mi miembro con apenas dificultad. Por ello con un breve movimiento de caderas profundicé en sus intestinos mientras con los ojos cerrados, la mulata comentaba que su amado enano comprendió que estaba lista y que, cediendo a su lujuria, aceleró buscando su placer.

—Muévete, zorrita mía. Marca tú el ritmo— susurré olvidando la historia.

Pero ella al escucharme, gritó:

—Al ver mi señor que no obedecía, levantó su mano y cruelmente golpeó mi negra nalga, diciendo que era una desobediente.

Supe que me estaba retando y pensando que quizás no creía que le hiciera caso, decidí darle un escarmiento y con todas las fuerzas que pude descargué un doloroso azote sobre una de sus nalgas.

—La negra se sintió morir de placer al experimentar el dolor que su amado le había proporcionado y sabiendo que era un buen hombre y que nunca le haría daño a propósito, le gritó que si eso era la nalgada más dura que un enano podía regalar a su sumisa.

Desconozco que pudo más, si la humillación como hombre al dudar de mi fuerza o si la constatación de su condición de sumisa había conseguido despertar mi lado siniestro, lo cierto es que alzando nuevamente mis manos alternativamente golpeé con fiereza sus negros cachetes mientras aceleraba las incursiones de mi miembro dentro de su culo.

Altagracia, gritando que por fin su dueño trataba a su zorra como se merecía, se corrió sobre las sábanas. Supe que me estaba pasando y que quizás jamás me lo perdonaría, pero olvidando esos reparos no paré de castigarla hasta que mi pene explotó llenando de blanca lefa los intestinos de mi mulata.

Ya saciado, salí del trance y me encontré a Altagracia con el culo en carne viva. Aterrorizado por lo que había pasado, le pedí perdón, pero entonces esa preciosa pero extraña mujer llorando de alegría, me dio las gracias por complacerla.

—Te he maltratado— sollocé desmoralizado.

Pero entonces, tomando mi mano, la besó diciendo:

—Lo único que has hecho es aceptarme como soy. No es tu culpa que además de negra, yo sea puta y de vez en cuando, ¡sumisa!

Pensando en ello y sin contestar, cerré los ojos avergonzado con lo sucedido pero excitado al saber que al abrirlos Altagracia iba a estar desnuda y dispuesta a satisfacer hasta el último de mis deseos.

8

Eran cerca de las once de la mañana, cuando el sonido de un móvil nos despertó. Altagracia reconoció que era el suyo y levantándose de la cama, fue a contestar. Pero al cogerlo y ver quien la llamaba, me miró angustiada diciendo:

—Es Cayetana… seguro que quiere saber si me he acostado contigo… ¿qué le digo?

Ni siquiera lo pensé y pidiéndola que se pusiera a mi lado, le dije que fuera sincera y que le contara la verdad.

Tal y como se esperaba nada más contestar, la rubia le pidió detalles de lo que había sucedido, lo que Altagracia nunca previó fue que en ese instante y con ganas de jugar, yo metiera mi cara entre sus piernas. La mulata tardó en reaccionar al no esperarse que tener que hablar con mi amiga mientras le devoraba el chumino, pero tras unos segundos de confusión contestó la pregunta diciendo:

—Ni te imaginas lo que disfruté con ese pervertido, solo decirte que mientras hablamos el puto enano tiene su lengua dentro de mi coño.

Cayetana soltó una carcajada y asumiendo que era broma insistió en que le hiciera un resumen de lo que había pasado porque la había visto salir conmigo y sabían que había llamado a Manuel para que me hiciera el quite con mis padres.

—¿Quieres la versión rápida o la corta?— preguntó divertida al sentir que mientras ella hablaba, estaba dedicándome a mordisquearle ahí abajo.

—Primero la corta y si hay algo interesante la larga— contestó la rubia.

—La corta es que me lo traje a casa con la intención de follármelo rápidamente y ganar cien euros, pero el cabrito demostró ser un diablo de patas cortas, pero pene grande. Y tras mamarme el coño, follarme en todas las posturas, esta mañana me dio por culo y todavía sigue en pelotas en mi cama pidiendo más.

Si ya era suficientemente fuerte lo que le había soltado, Altagracia puso la guinda diciendo:

—Te lo pasaría, pero me temo que está muy ocupado. En este momento, tiene en la boca llena con mis chichis.

Asustada porque fuera verdad, Cayetana prefirió colgar y esperar a que esa tarde yo le contara la realidad y por ello se despidió sin pedir a la mulata que profundizara más.

—Tus amigas no saben aceptar una broma— sonriendo, comentó y mientras se agachaba para acoger mi polla entre sus labios, me preguntó que hacía con el dinero, si lo cogía o lo rechazaba.

—Tu cumpliste con tu parte— contesté, descojonado: —¡Te lo has ganado!

—Lo sé, pero había pensado en darte la mitad.

—Cariño, me ofendes. Puedes haberte comportado como una puta, pero eres mi puta, no tengo nada más que decir…—pero tras pensármelo mejor, añadí: —Otra cosa, durante estas dos semanas en las que ellas te van a pagar las copas, quiero que las desplumes para que no les quede ganas de volver a meterse en mi vida.

—Así lo haré— murmuró mientras valoraba si la tenía suficientemente erecta.

Al decidir que sí, alzándose sobre mí, se dejó caer empalándose:

—Mira que eres bruta— chillé: —¡No te das cuenta de que pesas el doble que yo!

—Calla y fóllate a tu negra— replicó con su alegría innata y obviando mis protestas, comenzó a mover sus caderas como si no hubiese un mañana.

—Prefiero tu lado sumiso a cuando te pones así— le dije molestó con ella.

Mi mulata hizo oídos sordos y luciendo nuevamente una sonrisa de oreja a oreja, con desfachatez, me contestó:

—Después de ser tu esclava, es justo que me permitas un poco de libertad. Además, no te quejes. Soy una mujer preciosa y tú un enano.

La geta de esa hembra me tenía cautivado, pero no por ello iba a dejar que se envalentonara y cogiendo uno de sus pezones entre mis dedos, se lo pellizqué diciendo:

—Me parece bien pero luego mi zorra me va a preparar un buen desayuno.

—No te preocupes… en cuanto terminé de ordeñarte, llamaré a tu sumisa para que te trate como a un rey— muerta de risa y sin dejar de follarme, respondió.

Dando por sentada la suerte que tenía con ella, decidí que no había nada malo en ser el objeto sexual de una diosa de piel oscura y tirando de uno de sus pechos, me puse a mamar de su pezón mientras pensaba en que, si se quedaba embarazada, tendría leche de sobra para compartir .

Muerto de risa, le comunique mi idea y que, si la preñaba, a buen seguro sería, además de puta, negra y sumisa, una vaca lechera.

—Me encantaría sentir un enanito tuyo en la panza— gimiendo alborozada me espetó.

Su respuesta erizó hasta el último vello de mi cuerpo y sin ganas de seguir hablando, exigí a mi amante que terminara cuanto antes, ya que me moría de hambre.

La muy zorra comprendió mis miedos y mientras incrementaba su galope, murmuró en mi oído:

—No voy a parar hasta que derrames tu simiente dentro del fértil útero de tu negra.

A nadie le puede extrañar que, por segunda vez con esa belleza, mi pene se arrugara al escuchar esa amenaza…

9

Tras desayunar me despedí de Altagracia y nuevamente la bella mulata demostró hasta donde le había impactado al echarse a llorar. Reconozco que me preocupó la hipersensibilidad de esa muchacha y su insistencia en que no me fuera. Con el ánimo encogido, soporté estoicamente que me implorara que no la abandonase. A pesar de explicarle que, si no volvía a casa, mi madre se preocuparía, ella quiso que buscara una excusa para quedarme. Conociendo a mi sobre protectora progenitora decidí no tentar la suerte y quedé con ella que volvería sobre las siete.

—Voy a estar casi seis horas sin verte— sollozó mirando el reloj de su móvil.

Asumiendo que, si le decía algo, nuestro adiós se prolongaría otro cuarto de hora, le lancé un beso y salí de su apartamento sin mirar atrás mientras trataba de asimilar que una mujer tan bella se hubiese quedado colgada de mí en tan poco tiempo. Supe que tenía un problema cuando antes de encender mi coche recibí un mensaje en el que me decía lo mucho que me echaba de menos, pero pensando en que tendría tiempo de solucionar la enfermiza dependencia que esa diosa sentía, respondí que yo también la extrañaba.

Esa preocupación se incrementó cuando al llegar a casa, vi que otro WhatsApp suyo donde me enviaba una foto desnuda para que recordara lo que me perdía al no estar con ella.

«Qué buena está», pensé mandando al olvido su fijación por mí mientras recorría con la mirada su exuberantes curvas.

Ya en casa, comprendí que mi vieja se había tragado que había dormido con Manuel cuando me saludó como si nada y gracias a ello, pude encerrarme en mi cuarto hasta la hora de comer. En la soledad de mi refugio, recapacité sobre la extraña noche en la que dejé mi virginidad atrás y mientras decidía como devolver a Ana y a Cayetana el "favor" que me habían hecho, rescaté la foto de mi mulata y me pajeé en su honor.

Como hora y media hora más tarde, llegó mi padre y lo primero que hizo entrar a mi habitación para quejarse de que había tenido que salir con la bici solo esa mañana.

—¿Dónde te has metido?— me preguntó.

Pensando que mi mentira no iba a tener consecuencias, le repetí la misma excusa. Supe que algo iba mal al observar que levantaba su ceja izquierda.

—¿Por qué mientes? ¿Acaso no confías en mí?

Comprendí que me había caído con todo el equipo, pero fingiendo amnesia, le pedí que se aclarara. Entonces y solo entonces, me contó que un amigo suyo me había visto besando a una mulata y entrando a su edificio.

Para mi sorpresa su tono no era de enfado.

—¿Quién es la chavala?— insistió.

Su interés me dejó descolocado, ya que jamás había preguntado por mis relaciones. Desde que había dejado atrás la adolescencia, lo más que había hecho fue reírse por mi cercanía con Ana y Cayetana.

—La chica con la que salgo— fue mi escueta respuesta.

Muerto de risa, me comentó que según sus fuentes "mi novia" era todo un monumento.

—Es muy guapa— reconocí.

—Será mejor que por ahora tu madre no sepa nada. Se preocuparía— dijo con un deje de orgullo y antes de salir por la puerta, me informó que era hora de comer.

Que mi padre se convirtiera voluntariamente en mi confidente, fue algo nuevo para mí. Sin estar seguro de cómo acabaría todo ello, entré al baño a lavarme las manos. Durante la comida, me volvió a sorprender al echarme un capote cuando mamá me preguntó por la noche anterior.

—Deja al chaval en paz. Si tuviera algo importante que contarnos, nos lo diría.

No había asimilado todavía sus palabras cuando de pronto, giñándome un ojo, comentó que había pensado en pasar la noche en la casa del pueblo, dado que llevaban más de un mes sin ir.

Como eso le daba la oportunidad de ver a su hermana, mi vieja aceptó de inmediato y únicamente me preguntó si los acompañaba.

Viendo mi cara de susto, intervino tomando la mano de su esposa:

—Déjale que se quede en Madrid. Me apetece ir en parejita.

Esa pícara propuesta terminó con las reticencias de su amada y totalmente ruborizada, aceptó preguntando únicamente a qué hora se iban.

—Quiero llegar temprano. Lo mejor es que salgamos al terminar de comer— escuché que le decía dando por terminada la conversación.

Alucinado al saber que la razón última era dejarme el campo libre, me quedé callado mientras trataba de comprender por qué me ayudaba. No tuve que ser un genio para saber que consciente de mis limitaciones mi viejo había creído conveniente desaparecer para facilitarme las cosas. Por ello, tampoco me extrañó que antes de salir rumbo a su coche, pusiera cincuenta euros en mis manos mientras me decía que ese dinero era para que llevara a "mi chica" a cenar.

—Nos vemos mañana por la tarde. No creo que lleguemos antes de las ocho— fue lo último que dijo al cerrar la puerta de casa.

Que me avisaba hasta de la hora que iban a volver, confirmó mis sospechas y agradeciendo su ayuda, me tumbé a ver la televisión. Las pocas horas que Altagracia me había permitido dormir tuvieron sus consecuencias y a los pocos minutos, roncaba como un bendito en mitad del salón.

Cerca de las cinco, el timbre me despertó. Todavía medio adormilado, me encontré de frente con Ana al abrir la puerta.

—¿Me dejas entrar?

Aunque era la última persona que me hubiese gustado ver, ya que seguía enfadado con ella, le pedí que pasara.

—Coge una cerveza — dije señalando la nevera.

Con la confianza que da la amistad, Ana no dijo nada y entrando en la cocina, abrió una Mahou mientras aprovechaba para lavarme la cara. Ya más espabilado, pensé que avergonzada por lo que habían hecho no sacaría a colación lo sucedido y confiado que iba a ser así, volví al salón.

Mi amiga se había quitado la chupa de cuero y me esperaba sentada en el sofá. Como tantas otras veces, antes de acomodarme a su lado, aproveché para echar una ojeada a su generosa delantera, pero en esta ocasión no pude evitar recordar el injusto comentario de Altagracia sobre su tamaño.

«Son al menos tan grandes como los de la mulata», sentencié en silencio.

Tan habituada estaba esa morena a mis miradas que, a pesar de advertir el riguroso examen del que acababa de ser objeto, no comentó nada al respecto. Tomando el mando de la tele, la apagó e inició el interrogatorio:

—Cuéntame, cabronazo. ¿Cómo te fue?

«Directa al grano», pensé y sin ganas de revelar nada de la noche anterior hice como si no la hubiese oído y pregunté por Manuel.

—Mi novio está bien, pero no he venido a hablar de él. ¿Qué tal con Altagracia?

—Muy bien, es una buena muchacha.

Riendo a carcajada limpia, me soltó:

—¿Es buena o está buena?

—Que es guapísima no tengo que decírtelo, ya lo sabes. Es quizás una de las más guapas de toda la universidad— contesté: —Me refería a que es encantadora.

—Pero…¿te acostaste con ellas o no?— sin cortarse, me preguntó.

—Pasamos una noche maravillosa— no queriendo dar más detalles repliqué.

—Eso le dijo a Cayetana, pero quería confirmar que era verdad.

Temiendo que si no era más explícito ese par se acogiera a mi mutismo para no pagar los cien euros prometidos, decidí abrirme un poco y sin dar demasiados pormenores, lo reconocí diciendo:

—Si lo que preguntas es si sigo siendo virgen, la respuesta es no.

La morena abrió los ojos al oír de mis labios esa confirmación y tras unos segundos en los que dudó si seguir interrogando o dejarlo ahí, decidió no soltar la presa, y con tono divertido, dejó caer que ese pedazo de mujer me debía de haber dejado agotado.

—Ambos quedamos satisfechos.

—¿Mi enanito pudo con ese hembrón?

Advirtiendo el posesivo que usó al referirse a mí, comenté:

—Será mejor que Altagracia no te oiga decir que soy tu enano. Ahí donde la ves, lo que tiene de exuberante, lo tiene de celosa y para ella, soy ya su novio.

—¿Le has pedido salir?— preguntó impresionada.

Fanfarroneando ante mi amiga, contesté:

—Fue Altagracia quien me lo pidió mientras descansaba de lo que según ella había sido el mejor polvo de su vida.

Asombrada ante mi respuesta, la morena quiso saber que había contestado.

—Por favor, ¡qué quieres que dijera! Piensa que me lo preguntó la chavala con las mejores tetas que conozco.

Curiosamente mis palabras la indignaron y sacando pecho, me soltó que eso no era cierto y que ella las tenía al menos tan grandes y más duras que la mulata.

Riéndome de su reacción, me la quedé mirando y tras recorrer con mi mirada sus también portentosos senos, respondí con la intención de picarla:

—De tamaño, reconozco que estáis igualadas. Pero para opinar sobre quien las tiene más duras, debería tocártelas para así poder comparar.

Creyendo por experiencias previas que me iba a amilanar, Ana me retó a que comprobara cómo de firmes las tenía. Por un momento, fue así. Reconozco que dudé si hacerlo, pero gracias a la confianza que me daba saber que una preciosidad como Altagracia me esperaba, decidí aceptar su órdago y acercándome, comencé a magrear las tetas con las que llevaba soñando más de dos años.

La sorpresa de sentir que su amigo del alma la estaba sobando de esa manera la dejó paralizada y disfrutando de ese inesperado regalo, me permití pellizcar por encima de su camisa los pezones de la morena mientras le contestaba mirándola fijamente a los ojos:

—Los tienes cojonudos, pero para decidir con cuales me quedo debería verlos.

Juro que pensé que me iba a dar un bofetón, pero entonces y con la respiración entrecortada, susurró que su novio era mi amigo y que eso sería traicionarle. Que, en vez de castigar mi osadía, Ana me recordara a Manuel, me descolocó y separando mis manos de sus senos, preferí no seguir tentando la suerte.

Lo malo fue que, al alejarme de ella, quedó de manifiesto el tamaño que habían adquirido sus pezones e impresionado de que mi travesura hubiese tenido ese efecto, tomé mi cerveza y me la bebí de un trago.

Tan confundida como yo, cambiando de tema, me preguntó si había quedado con la mulata. Tras explicarle que la había prometido pasar a las siete por ella, Ana miró su reloj y cogiendo su chupa, se despidió de mí no sin antes rogarme que tuviese cuidado..

Cómo no podía ser de otra forma, la acompañé a la puerta y justo cuando estaba a punto de cerrarla, preguntó dónde estaban mis padres.

—Se han ido al pueblo y no vuelven hasta mañana— respondí.

He de confesar que no interpreté bien su sonrisa al enterarse de que esa noche iba a estar solo en casa…

10

Estaba vistiéndome para ir a ver a mi mulata cuando recordé la petición que me había hecho y cogiendo los cincuenta euros que mi padre me dio para llevarla a cenar, decidí darles otro uso. Con la idea de comprar el picardías que me había sugerido, cogí las llaves del coche.

Ya en el Ibiza me dirigí a la calle Orense, acordándome que una vez había acompañado a Cayetana a comprarse un sujetador allí, nada más aparcar, busqué la tienda de Oysho. Con tan mala suerte que nada más entrar me encontré de bruces con esa rubia.

—¿Qué haces aquí?— preguntó al pillarme.

Como no se me ocurrió nada para explicar mi presencia en ese lugar, preferí decirle la verdad. Ella al escucharme se quedó con la boca abierta y llevándome a una esquina, murmuró:

—¿Entonces es cierto? ¿Te la has tirado?

—Sí— respondí cabreado al sentir que dudaba de mi hombría.

Al percatarse de mi mala leche, Cayetana reculó y con una sonrisa, se ofreció a ayudarme a comprar algo mono, ya que según sus palabras dudaba que fuera capaz de comprar algo que no fuera unas bragas de esparto. Dando por sentado que no andaba desencaminada, acepté su sugerencia y por ello, me vi recorriendo con la más pija de mis amigas la sección de lencería de la tienda.

—¿En qué habías pensado?— dijo mientras revisaba a conciencia un perchero lleno de conjuntos a cuál más caro.

—En algo sexy, pero solo tengo cincuenta pavos— sonrojado hasta el tuétano confesé.

Acostumbrada a comprar esas prendas, me dijo que era suficiente. Como testigo mudo, observé que, tras otro minucioso examen a las existencias del local, cogía tres de su gusto y me los ponía en las manos.

—¿No son demasiado provocativos?— pregunté totalmente cortado al ver que en todos su tela era casi transparente.

—Nada es suficientemente sexy para una mujer— con voz segura respondió mientras me insistía en que eligiera uno ya que todos eran preciosos.

Avergonzado, reconocí que no me hacía una idea de cómo quedarían y que eligiera ella porque me fiaba de su experta opinión.

—¿Quiere que me los pruebe y así decides? - preguntó.

He de confesar que me quedé estupefacto con la propuesta y queriendo salir del paso, le dije que no porque Altagracia era más alta y con más pecho.

—¿No sabes que hay diferentes tallas?— se rio de mí y volviendo sobre sus pasos, cogió otro ejemplar de cada uno, pero esta vez acorde con su estatura y peso.

Seguía mudo cuando tomándome del brazo me llevó a los cambiadores y dejándome en la puerta de uno, me pidió que esperara mientras se cambiaba. Sabiendo que cuando saliera esa rubia del probador llevaría puesto un picardías, los dos minutos que tardó en hacerlo se me hicieron eternos.

—¿Qué tal me queda?— comentó luciendo uno de encaje verde.

Con mi corazón a punto del colapso, me quedé babeando al verla y es que sin importarle que nada de su anatomía quedara a mi imaginación, me dejó recrear mi mirada en ella mientras modelaba el conjunto.

—Estás preciosa— murmuré mientras mis ojos recorrían la belleza de sus nalgas desnudas.

Sonriendo, se volvió a encerrar dejándome en un estado de excitación brutal.

—¿Qué te parece este?— me dijo tras aparecer con uno rojo todavía más escandaloso.

Temblando como un crio ante un puesto de helados, me quedé observando que la parte de arriba de ese conjunto consistía en dos escuetos triángulos traslucidos que dejaban al descubierto los rosados y apetitosos pezones de mi amiga.

—No me extraña que Borja esté loco por ti. ¡Estás buenísima!

La rubia no se esperaba ese halago, pero tras unos segundos de indecisión, me dijo al oído que esperara a ver el último, porque si los dos anteriores me había parecido sexis, ese los ganaba por goleada.

Comprendí de lo que hablaba cuando salió por tercera vez del probador y es que del mismo no surgió mi amiga, sino una deidad nórdica tan excitante como bella. Cayetana se percató enseguida de mi embarazo y revelando su lado más coqueto, se acercó mientras me preguntaba que pensaba. Absorto con esa visión celestial, me pregunté cómo era posible que tras dos años tratándola no hubiese advertido su singular atractivo mientras acariciaba con la mirada sus pequeñas pero suculentas tetitas. Si ya con eso mi calentura había adquirido proporciones nada desdeñables, está se incrementó cuando, al ver que aparecía una señora, Cayetana me metió con ella en el probador.

—¿Qué haces?— pregunté al darme cuenta de que cerraba la puerta tras de sí.

Demostrando una falta completa de decoro, mi amiga me sentó en la silla que había en ese estrecho cubículo y se puso a menear el pandero mientras me preguntaba si Altagracia podía competir con su culo.

—Dios. ¡no sé!— exclamé acojonado al tener sus blanquísimos cachetes a escasos centímetros de mi cara mientras intentaba comprender lo que se proponía.

No tardé en saberlo y es que obviando que el hilo del tanga apenas tapaba su ojete, la que hasta entonces consideraba casi una monja, se sentó sobre mí y con una calentura tan evidente como brutal, empezó a restregarse contra mi entrepierna.

—Llevo deseando hacer esto desde que toqué tu polla— confesó entusiasmada al notar que gracias a ella la tenía erecta.

En ese instante recordé que me había amenazado con no quedarse contenta hasta habérmela visto. Debí presentir lo que iba a suceder, pero confieso que me cogió desprevenido que usando mi verga a modo de consolador la rubia empezara a masturbarse con ella.

—Lo tienes tan enorme como recordaba— sollozó acelerando el movimiento de su trasero.

La lujuria que destilaba su voz me alertó de que, si no hacía nada para remediarlo, Cayetana no tardaría en correrse. Desgraciadamente, la carne es débil y teniendo a mi alcance ese culo de revista, me vi urgido a acariciarlo.

—¡Cómo me tiene mi amado enano!— la escuché gemir mientras se pellizcaba los pechos.

Para entonces, mis hormonas ya se habían apoderado de mí y dejando para después el analizar la insistencia de mis dos amigas en decir que era de su propiedad, me permití el lujo de meter uno de mis dedos bajo el picardías.

Cayetana pegó un respingo al notar que mi yema buscaba el botón que escondía entre los pliegues y gimiendo como una loca, me rogó que continuara. Desgraciadamente, cuando me proponía a cumplir sus deseos y pajearla, una empleada de la tienda tocó la puerta, preguntando qué ocurría.

—Nada, ahora salimos— respondí y viendo que, comportándose como una guarra, seguía frotando su sexo contra el mío, le tuve que ordenar de muy mala leche que se vistiera.

—Júrame que uno de estos días, me enseñaras lo que ha vuelto loca a la mulata— musitó desolada.

Temiendo el escándalo que provocaríamos si no parábamos, se lo prometí. Al escuchar mi promesa, me dejó ir y mientras Cayetana terminaba de vestirse, con el modelo de la talla de Altagracia en mis manos fui a pagar.

La vendedora se sorprendió al ver que no levantaba dos palmos del suelo el tipo que había pillado en el probador y solo me preguntó si quería que lo envolviera de regalo.

—Por favor— respondí y sin aguardar a que mi amiga saliera, hui del local rumbo al apartamento donde vivía la mulata.

11

Tardé casi media hora en ir de Orense a su barrio y esos treinta minutos me sirvieron para meditar sobre el comportamiento de Ana y Cayetana durante esos últimos días. Haciendo memoria, asumí que ese cambio debió de empezar antes de la paliza que me dieron en el bar, ya que esa tarde y en diferentes momentos tanto la rubia como la morena habían abusado de mi ingenuidad metiéndome mano. A partir de ese momento, todo parecía acelerarse. Primero habían pedido a Altagracia que se acostara conmigo. Al constatar ambas que la chavala lo había conseguido, se podía decir que les había molestado que no hubiera perdido la virginidad con ellas y nuevamente había aprovechado la primera oportunidad que tuvieron para provocarme.

Tras buscar otra explicación no me quedó más remedio que dar por sentado que esas dos me consideraban de su propiedad, una mascota a la que querían tener atada. Por ello cuando llegué a la casa de la mulata estaba con un cabreo del diez.

Con ganas de encerrarme en mi mismo, subí al pisito donde me esperaba esa muchacha, la cual debía de haber visto cómo aparcaba porque ni siquiera me hizo falta tocar la puerta, ya que me estaba esperando en el pasillo.

—Mi amor, ¡cómo te he echado de menos!— gritó corriendo hacia mí y como era su costumbre, me alzó entre sus brazos y me besó.

Su felicidad borró de golpe los negros pensamientos que poblaban mi mente y mientras respondía con pasión a sus besos, el optimismo volvió a mi vida. Por eso quizás no me importó que llevándome en volandas me metiera a su apartamento, ni que en plan bestia comenzara a quitarme la ropa.

—Tenemos que recuperar el tiempo perdido— llena de alegría comentó mientras con sus manos desabrochaba mi camisa.

Me encantó comprobar la urgencia con la que me desnudaba ya que el hecho de que una mujer me deseara sexualmente era algo nuevo para mí.

—Tengo un regalo — comenté muerto de risa al ver que presa de la calentura Altagracia dejaba caer el vestido que llevaba puesto.

La mulata se quedó quieta al oírme y aprovechando ese momento de tregua, le di el paquete. Al tenerlo en sus manos, me miró preguntando:

—¿Es para mí?

—No— repliqué en plan de guasa: —Es para la portera del edificio.

Su sonrisa inicial de pronto se transformó en una mueca y ante mis ojos, la jovial y positiva muchacha empezó a llorar desconsolada. Mientras lo compraba había elucubrado sobre cómo reaccionaría, pero jamás se me pasó por la cabeza que lo hiciera así. Quizás por ello, tardé unos segundos en consolarla.

—¿Qué te ocurre?— pregunté al ver el modo en que se desgañitaba tirada en la cama.

No me contestó y si algo hizo mi pregunta fue incrementar sus sollozos. Sin saber que hacer, medio desnudo me tumbé a su lado y pegando mi diminuto cuerpo a ella, la acaricié en silencio. Durante al menos un par de minutos, su llanto continuó. Solo paró cuando preocupado la obligué a mirarme y sin decir nada, cerré su boca con mis besos.

Ese cariñoso acto apaciguó sus lamentos y por fin pudo contestar y contarme que le pasaba:

—Lo siento, no lo me esperaba. No estoy habituada a recibir algo sin tener que pagar por ello.

Confieso que me impresionó que una belleza como ella estuviera tan falta de cariño y sin forzarla a abrir el paquete, bromeé diciéndole que estaba equivocada ya que la iba a obligar a resarcirme con besos.

Amenazando con echarse a llorar nuevamente, sollozó reafirmando de esa forma el maltrato que había recibido de sus parejas:

—Solo he tenido regalos de mis padres, ninguno de mis antiguos novios me regaló nada.

Quitando hierro al asunto, comenté sonriendo:

—Y si no lo abres, te juro que será el último.

Secándose las lágrimas que escurrían por sus mejillas, se sentó en la cama y mientras mis dedos jugueteaban en su cuello, con una lentitud exasperante fue despegando los celos para no romper el papel.

—¡Maldito enano culero!— exclamó al sacar el regalo y descubrir lo que escondía.

Nuevamente esa cría me sorprendió porque lo último que me esperaba era que me insultase y abriendo de par en par mis ojos, le pregunté la razón de su cabreo.

—¡Lo has hecho a propósito!— me gritó.

—¿El qué?— respondí acojonado al no comprender que era lo que había hecho mal.

Cambiando el tono de voz y esbozando una sonrisa, susurró en mi oído:

—Eres un cabrón... que quiere que esta dulce damisela se enamore.

Todavía no me había repuesto de la impresión cuando con una dulzura de la que jamás había sido objeto, acercó sus labios a los míos.

—Lo peor es que lo has conseguido, maldito pequeñajo. Has conseguido que esta negra esté colada por ti— y antes de que pudiera hacer algo, salió corriendo hacia el baño dejándome solo y confundido en su cuarto.

«¡Qué Dios entienda a las mujeres!», sentencié cuando escuché que me decía que había preparado un mojito para mí y que lo tenía en la nevera.

Altagracia demostró nuevamente su maestría como barman al probar el brebaje:

—Está cojonudo— le grité ya en su habitación al ver que no había salido del baño.

Cinco minutos después y cuando ya me había terminado la copa, seguía sin salir. Intrigado por su ausencia, toqué a la puerta y al no contestar, decidí entrar. Al pasar, me encontré con la mulata estaba en la ducha con su entrepierna llena de espuma y afeitándose .

—¿Qué haces?— pregunté desternillado al ver que las dificultades que tenía al rasurarse el coño.

—El hijo de puta de mi novio me ha regalado un body tan enano como él sin pensar que si me lo pongo parecería tener el chumino de una gorila.

Dada la mata de pelos que lucía comprendí que apenas tenía experiencia depilándose ahí abajo y muerto de risa, le ofrecí mi ayuda recordándola que yo me afeitaba la cara todos los días.

—¿Harías eso por mí?— alucinada respondió a mi ofrecimiento.

Quitándome la ropa que todavía llevaba puesta, me metí con ella y descojonado comprobé que, dada la diferencia de estatura, no me tenía que agachar para talar ese denso bosque.

—Dame la maquinilla— comenté mientras me hacía una idea de por donde comenzar.

—¿Por qué eres tan bueno conmigo?— preguntó al pasarme la cuchilla.

Llevando mi mano hasta su coño, enjaboné mis dedos antes de comenzar y riendo, respondí que lo hacía por el morbo que me daría luego comerme un coño calvo.

La muy puta comentó al escuchar mis razones que nunca lo había pensado en ello y que, al terminar, quería que yo también me afeitara porque jamás había follado con nadie sin un pelo ahí abajo.

Aceptando su sugerencia, comencé a rasurar los bordes de su espesura mientras en plan capullo, con dos de mis dedos buscaba su clítoris.

—Eres un jodido enano pervertido que abusas de una muchacha indefensa— pegando un gemido, me soltó.

—Lo sé— dije y al mismo tiempo que con una mano talaba el monte aquel, con la otra torturaba su ya erecto botón.

—Me vengaré. Pienso dejarte seco antes de irnos de farra— amenazó al sentir que sus rodillas flaqueaban.

Esa "sutil" amenaza cambió mis planes y sintiéndome Picasso decidí no asolar totalmente con sus vellos, sino darles forma. Por ello cambiando de lado la maquinilla, retomé la poda del otro lado.

—Eres un enfermo. Si sigues masturbándome, no te dejaré terminar— chilló descompuesta cuando recreándome metí una de mis yemas en el interior de su chocho.

—No te quejes— respondí riendo mientras perfilaba la forma que había decidido crear en su entrepierna: —Te encanta que sea así y no un pazguato.

Altagracia supo que era verdad y cerrando los ojos intentó tranquilizarse, pero desgraciadamente sus intentos quedaron en nada cuando incorporé otro dedo. La mulata comprendió que de nada servía pedir que no siguiera pajeándola y cediendo a la lujuria, se puso a disfrutar mientras se pellizcaba los pechos.

Al terminar con mi obra maestra enjuagué su vulva y satisfecho con el resultado, regalé a mi modelo un largo lametazo aliviando con mis babas el escozor que sentía. Tal como había previsto, la mulata colapsó cuando mi lengua se introdujo en su chumino y liberó en mi cara la tensión que llevaba acumulando por mis certeras caricias.

Al saborear el sabroso flujo que manaba de su cueva, me volví loco y mientras me ponía a sorber ese manjar, forcé su ojete con una de mis yemas.

—Te adoro— rugió al correrse mientras buscaba con sus manos mi pene.

Riéndome de ella, la obligué a sentarse y me puse a enjabonarme mientras le pedía su opinión acerca de cómo había decorado su chocho.

—¡Serás cabrón!— exclamó muerta de risa al ver mi obra: —¡Has dibujado la J de Pedro!

Tomando nuevamente, la maquinilla comencé a afeitarme las partes, mientras le decía:

—Te equivocas ... es de ¡japuta!

Mi ocurrencia la divirtió y con un intenso brillo en sus ojos, me pidió que al recortar mis vellos creara una C en ellos.

—¿Una C de Altagracia? ¿No prefieres que me haga una S de Ana o una L de Cayetana?

—No, mi amor. Quiero una C de capullo, cerdo y cabronazo— murmuró desternillada al saber que era broma, pero temiendo que la hiciera realidad siguió con detalle cómo la cuchilla iba esbozando la letra.

Al comprobar que al final era su inicial la que dejaba justo encima de mi pene, me volvió a sorprender cuando emocionada y con lágrimas en los ojos me pidió permiso para sacarle una foto.

—Nadie ha hecho algo así por mí y lo quiero de salvapantallas— me explicó al preguntar por ese deseo.

Muerto de risa, repliqué:

—Siempre y cuando yo pueda llevar una foto tuya en mi teléfono.

Poniendo su cerebro a funcionar, decidió que prefería otra cosa y sin importarle que estuviéramos mojados, ni que me molestara esa costumbre, me tomó en sus brazos. Tras lo cual, corriendo hasta su cama, me tiró en ella y se puso a reactivar mi polla con los labios.

—¿Qué narices se te ha ocurrido?— pregunté al comprobar que tomaba su teléfono.

Con una sonrisa de oreja, se empaló y sacando una instantánea del momento, me la mostró diciendo:

—Mira, J y C de Jodiendo con mi Cabrón.

Recordando como decían follar y puta en su tierra de origen, contesté

—Nuevamente estás errada. Es C y J de Cogida por Jinetera.

Riendo a carcajadas, siguió cabalgando mientras me decía:

—Ambas me gustan y estoy deseando que se las enseñes al par de putas que dicen ser tus amigas para que sepan que eres mi capullo y yo, tu japuta…

Me impresionó que pensara que era tan cabrón de hacerle esa putada y mientras disfrutaba viendo rebotar sus pechos, le dije que nunca haría tal cosa porque la respetaba demasiado.

En vez de alegrarse al oírme, se echó a llorar preguntando si acaso me avergonzaba de ella.

—¿Cómo me voy a avergonzar de ti?— pregunté completamente confundido: —Si eres una diosa y yo, un enano.

Pasándome el teléfono, contestó:

—Si eso es verdad, mándasela a la dos.

—¿Estás segura?— insistí.

—Lo estoy— mirándome fijamente a los ojos, replicó: —Esas zorras siguen sin creerse que soy tu novia.

Viendo que no cedía, decidí que ya que no se nos veía las caras podía mandarla. Y poniendo la pantalla de forma que pudiese ver que lo hacía, busqué los nombres de mis amigas en el WhatsApp y se las reenvié.

—Gracias— lloró al verlo y con una sonrisa de oreja a oreja, me rogó que nunca la dejara.

—Nunca lo haré mientras sigas follando como los ángeles— contesté mientras la azuzaba a moverse con un azote sobre sus nalgas…

12

Tras un polvo espectacular, Altagracia quiso aprovechar que sus padres no llegaban hasta las nueve para echar otro. Al explicármelo, pregunté si eso significaba que no podía quedarme ahí esa noche. Desolada, confirmó que era así. Era tanta la tristeza que mostraba que decidí tantear el terreno no fuera a toparme de bruces con unos padres chapados a la antigua, por lo que antes de nada le dejé caer si sus viejos le darían permiso de dormir fuera.

—Claro— respondió: —Tengo veintiún años.

—Pues entonces vístete porque nos vamos a saquear el bolsillo de Ana y de Cayetana.

—¿No entiendo?

—Cariño, los míos se han ido al pueblo y tengo la casa para mí solo.

Al saber que me tendría hasta el día siguiente, no protestó y levantándose de la cama, me preguntó si podía ponerse el picardías que le había regalado.

—No solo quiero que lo hagas, sino que te lo ordeno— contesté emulando a un general al mandar a un subalterno.

—Esta fiel negrita estará encantada de acceder a los deseos de mi amo y señor— siguiendo mi guasa contestó mientras cogía el conjunto y desaparecía rumbo al baño.

—¿Dónde vas?— me quejé al negarme el gustazo de verla vestir.

Girándose en la puerta, pícaramente respondió:

—Quiero que sea una sorpresa y que cuando mi macho vea cómo me sienta su regalo, se arrepienta de preferir estar con sus colegas a follar conmigo.

Menos de un minuto después, ¡se cumplió su pronóstico! Embutida en ese coqueto conjunto, Altagracia estaba arrebatadora y queriendo echar marcha atrás le pedí que se tumbara a mi lado.

—Ni de coña. Eres capaz de romperlo antes de que pueda estrenarlo— contestó.

Viendo la ligereza de la tela en que estaba tejido, supe que había muchas posibilidades de que así fuera y maldiciendo entre dientes el no haberla regalado las bragas de esparto que decía Cayetana, me vestí mientras la mulata se pintaba los ojos frente al espejo.

Tras maquillarse, Altagracia se calzó dos andamios por zapatos y recochineándose de mí, me preguntó si me gustaba con tacones.

—Me viene cojonudo porque así puedo comerte en coño sin bajar la cabeza— repliqué y bastante más picado por ese comentario de lo que debería, le dije si pensaba salir en paños menores a la calle.

—No, tonto. El vestido es lo último que se pone una dama para no correr el riesgo de mancharlo con colorete.

Percatándome de lo mucho que tenía aún que aprender sobre las mujeres, esperé que terminara de engalanarse para salir rumbo al coche. Ya en la calle, me jodió darme cuenta de que al sumar a su metro ochenta los diez centímetros de los zapatos parecíamos una madre llevando a su hijo de la mano.

Al contárselo, se rio:

—Te dejo llamarme "mamacita".

Dándola por imposible, le abrí la puerta del Ibiza y mientras Altagracia se subía en el coche, me volví a percatar de nuestra diferencia de tamaño. Para ella era algo fácil, para mí encaramarme al asiento era una hazaña digna de un montañista. Si para los normales el escalón que tienen que superar para subirse al coche se consigue elevando un poco más el pie, en mi caso requiere de un considerable esfuerzo y por ello sigo una rutina sin la que me resultaría imposible conseguirlo. Cogiendo el volante, levantó la pierna derecha y tras fijar el pie firmemente sobre el suelo del vehículo, doy un salto para posar mi culo en el asiento. Ya con el trasero bien aposentado, giró mi cuerpo y subo el otro pie.

—Me encanta mi enanito— susurró la mulata al ver esa maniobra asimilada tras largos años combatiendo con mis limitaciones.

—Y a mí, la bruja mala del cuento— respondí sofocado mientras encendía el motor y salía rumbo al bar donde habíamos quedado a tomar la primera copa.

Llevábamos andado poco más de cien metros cuando Altagracia comentó que le hubiese gustado ver la cara de Ana y de Cayetana al recibir la foto.

—Deben tener un cabreo del diez— musitó sonriendo.

—¿Por qué lo dices?— respondí.

—No deben estar muy felices de que yo te haya estrenado— posando su mano en mi pierna, comentó: —Desde que te conocen has sido el hombro sobre el que se han apoyado y a buen seguro ahora temen que ya no sea así porque me han dejado entrar en tu vida.

—No tiene nada que ver que estemos juntos, ellas siguen siendo mis amigas.

—Yo lo sé, pero ellas no. Estoy segura de que al vernos llegar van a buscar el momento adecuado para pedir que me dejes.

Me abstuve de comentar que compartía sus sospechas. Tal como había previsto mi mulata, esas dos ya habían planeado cómo decírmelo y nada más llegar Cayetana la tomó del brazo con la excusa de pedir las copas mientras Ana se sentaba a mi lado.

—Tenemos que hablar— dijo Ana mientras se sentaba a mi lado: —Siento ser yo quien te lo diga, pero Altagracia no es de fiar. Nos ha mandado una foto vuestra follando.

—No fue ella, fui yo— contesté.

Completamente descolocada por mi respuesta, se me quedó observando y sin nada más que decir, se levantó cabreada.

—Luego no digas que no te hemos avisado— finalmente replicó.

Siguiéndola con la mirada, vi que se acercaba a la rubia y le contaba el resultado de sus pesquisas.

—¡No me lo puedo creer!— exclamó Cayetana sin caer en que al elevar la voz Altagracia podía escucharla.

Y así fue, la mulata que no era tonta comprendió lo que había ocurrido, pero en vez de montar un espectáculo prefirió volver donde yo estaba.

—¿Me haces un sitio?— preguntó.

Demostrando que estaba de su lado, contesté muerto de risa si no prefería que me sentara en sus piernas porque al fin y al cabo era mi mamacita:

—No cariño. Si te tengo encima, no podré aguantar las ganas de meterte mano… y gracias a tus viejos, esta noche tendré tiempo suficiente para hacerlo cuando nos quedemos solos.

Tanteando su reacción, entornando los ojos, susurré en su oído:

—¿No te dará vergüenza que la gente sepa que sales con un enano?

Sabiendo que mi intención era molestarla, me tomó en sus brazos y colocándome sobre sus rodillas, me besó. Borja no debía saber lo que había pasado entre nosotros porque se nos quedó mirando alucinado. Mi adorada mulata se percató de la turbación del novio de Cayetana e incrementándola, señaló el baño y preguntó que si me apetecía empotrarla allí.

—Cariño— dando por sentado que su propósito era provocar a la rubia vía su novio, respondí: —Deja primero que me termine la copa.

Al oírme rechazar semejante propuesta, casi se le cae la copa, pero en vez de ir a hablar con Cayetana, se acercó a Manuel para cuchichearle algo al oído. Mi colega de la infancia se quedó mudo y tras reponerse de que hubiese rechazado esa oferta, me hizo una seña llamándome loco.

Altagracia le pilló haciendo el gesto y soltando una carcajada, le pidió que se acercara.

—A ver si lo convences de que me dé otro revolcón— exhibiendo su delantera ante él, comentó.

Ese alarde de atributos no le pasó inadvertida a su novia, la cual al contemplar que Manuel no perdía ojo del canalillo de mi pareja, en plan celosa vino a ver qué ocurría.

—Deja de mirarle las tetas, parece que quieres comérselas— dijo completamente mosqueada.

Mi compañero de juergas no estaba al tanto de su enfado y creyendo que iba de cachondeo, contestó que eso era algo que todo hombre que se precie desearía:

—Tráeme una copa— de mala leche ésta respondió mientras le echaba una mirada asesina.

Manuel prefirió evitar la bronca y plegando alas, se dirigió a la barra dejándonos solos. Ana esperó a que no pudiese oírnos para preguntarme si sabía que esa zorra se había acostado conmigo por dinero.

—Lo sabe, pero todavía no ha tenido tiempo de agradecéroslo— respondió la mulata mientras me comía los morros.

El color rojo de su rostro nos confirmó su indignación y fue entonces cuando Altagracia aprovechó para decirle lo imbécil que había sido tanto ella como Cayetana al proponerle tal cosa, porque habían perdido la oportunidad de estar con el mejor amante de toda la universidad.

—¿Solo de la universidad?— dejé caer mientras acariciaba uno de sus portentosos pechos.

—De toda España— respondió con un gemido.

—¿De todo España?— insistí pellizcando el pezón que había hecho aparición bajo su blusa.

—Deja de ponerme bruta o atente a las consecuencias— protestó llevando su mano a mi entrepierna: —Si sigues pellizcando mis pechitos, te la mamo aquí mismo.

Esa indiscreta conversación en lugar de escandalizar a la morena, la calentó y con los pitones en punta, fue a reunirse con Manuel.

—¿Has visto cómo esa tocapelotas se ha puesto? Estoy convencida que ahora mismo desearía tener tu trabuco entre las manos… — y sorprendiéndome por enésima vez desde que la conocía, me pidió que la invitara a casa con su novio.

—¿Estás insinuando que montemos una orgía con ellos?—

—Para nada. Quiero que venga con su pelele, para que ambos se mueran de envidia por los gritos que pienso pegar cuando me empales.

Despelotado por su ocurrencia, le dije que era una mala idea no fuera a meterse en nuestra cama.

—¿No tienes bastante conmigo?— espetó mientras me apretaba los huevos entre sus manos.

Temiendo por mi integridad, afirmé que solo un idiota compartiría a su diosa con otro o con otra. Satisfecha por mi respuesta, susurró en mi oreja en plan putón:

—Me alegra saberlo, pero si llegado el caso quieres follarte a esa o a la imbécil de su amiga, dímelo. ¡Para probar tu verga, deberán comérmelo a mí antes!

No supe interpretar si iba en serio o únicamente eran sus celos los que hablaban y por ello dando por terminada la conversación, acabé mi consumición mientras observaba que Ana y Cayetana estaban echando un broncón a sus parejas.

Asumiendo que era por causa nuestra, pregunté a Altagracia si nos íbamos.

—Antes voy a sacarles dos copas a cada una— contestó y demostrando que no iba en broma, fue donde ellas y les recordó que habían quedado en pagar lo que se bebiera.

De muy malos modos, Cayetana sacó la billetera y le puso veinte euros sobre la barra.

—Solo espero que te emborraches y así no te queden fuerzas para seguir tomando el pelo a Pedro.

Sin perder la compostura, la mulata recogió el dinero y llamó al camarero mientras le contestaba:

—Será el de la cabeza porque cómo sabes en los huevos ya no le quedan.

El bufido de la rubia fue suficientemente elocuente para demostrar su cabreo y cogiendo de la mano a su novio, salió resoplando del local. Con una rival menos en el horizonte, Altagracia decidió atacar donde más duele a la que quedaba y sin importar que estuviera presente, tras recibir su copa, sacó a Manuel a bailar diciendo:

—Como Pedro no baila, te toca acompañarme a mover el esqueleto.

Por extraño que parezca, Ana le dio permiso y mientras se iban a bailar, se acercó a hablar conmigo.

—Podías habernos contado que andabas tan urgido— dijo nada más sentarse a mi lado.

—¿De qué hablas?— pregunté.

Moviéndose de forma que desde la pista no pudiesen ver lo que hacía, posó la mano sobre mi muslo:

—De saber que deseabas estrenarte, Cayetana y yo nos hubiésemos ofrecido a solucionarlo.

Casi me atraganto cuando noté que sus yemas iban subiendo por mis pantalones y deseando saber hasta dónde llegaba su desesperación por no perder al pagafantas que siempre había sido, la imité poniendo mi mano sobre su pierna mientras le pedía que se explicara.

Sin hacer ningún intento de retirármela, profundizó su ataque llegando hasta mi pene y no contenta con asirlo entre sus dedos, contestó llena de confianza mientras me empezaba a pajear:

—Eres nuestro mejor amigo y ahora sé que te merecías algo mejor que esa puta.

—¿Me estás diciendo que os hubieseis acostado conmigo?— respondí llevando mi mano hasta sus bragas.

Ana reafirmó ante mí sus celos dejando que mis dedos juguetearan con su sexo sin protestar y solo cuando una de mis yemas acariciaba suavemente su clítoris, susurró:

—Manda a la mierda a esa zorra y pasa la noche conmigo.

Solo un par de días antes hubiese aceptado su oferta sin pensármelo dos veces, aunque eso supusiera poner a mi amigo una cornamenta que para ellos quisieran los vitorinos. Con mis necesidades sexuales cubiertas, decidí dar un escarmiento a Ana, por lo que sin contestar afirmativamente incrementé mi acoso metiendo un dedo debajo de la tela de su tanga.

—Ten cuidado, Manuel podría vernos— sollozó con un intenso brillo en sus ojos al notar que "el enano" estaba pajeándola.

Levantando la mirada, observé que su novio estaba absorto admirando el culo de mi mulata mientras ésta se reía. Sabiendo que, de alguna forma, Altagracia lo estaba entreteniendo por mí, seguí masturbándola más rápido.

—Prométeme que me llevarás a tu casa— reclamó separando sus rodillas.

Asumiendo que era un chantaje, me quedé pensando y mientras torturaba con insistencia el botón de su entrepierna, se lo prometí. Al escuchar que cedía, Ana se dejó llevar y ante mi sorpresa, se corrió llenando de flujo toda mi mano.

—No te arrepentirás— gimió al ver que, impregnando mis dedos, me los llevaba a la boca y los lamía: —Estoy deseando que sea tu lengua la que recorra mi coño.

Mi pene se puso como una piedra al escucharla y por un momento dudé si cumplir mi promesa, pero afortunadamente no tuve ocasión porque justo en ese momento llegó Manuel diciendo que Altagracia le había propuesto que siguiéramos la juerga en mi casa:

—Ana, ¿te parece bien?— ingenuamente preguntó destrozando con ello los planes de la zorra de su novia.

Entre la espada y la pared, no pudo negarse y cogiendo su copa, la apuró mientras pedía la cuenta.

13

Ya en el coche, Altagracia me dijo que quería probar a qué sabía el coño de Ana y sin darme opción a responder, tomó mis manos y comenzó a lamer mis dedos. Acojonado pero excitado a la vez, le pregunté cómo se había dado cuenta.

—¿De qué le has hecho una paja?— contestó: —Era consciente de que esa guarra te iba a provocar y conociendo lo perverso que te muestras conmigo, supe que no ibas a perder la oportunidad. Por eso estuve cachondeando a su novio para darte cancha.

Todavía sin saber a ciencia cierta cuál iba a ser su reacción, me quedé observando cómo buscaba en todos y cada uno de mis dedos el rastro de su flujo antes de preguntar si le gustaba.

—No, mi amor. Pero ahora que conozco a qué sabe esa puta, te mataré si vuelvo a hallar su aroma en cualquier parte de tu cuerpo— respondió con una sonrisa de oreja a oreja.

—Entonces, si no la aguantas, ¿para qué la has invitado?

—Es tu amiga y sé que la quieres— contestó secamente para acto seguido quedarse callada.

No deseando tentar mi destino, preferí también el silencio no fuera a cabrearse conmigo y me quedara compuesto y sin novia. Llegué a casa unos diez minutos antes que Ana y Manuel y lo achaqué a que a buen seguro esa pareja había discutido en el coche. Eso me permitió enseñar la casa a la mulata antes de que ellos aparecieran por la puerta.

Al enseñarle la habitación de invitados y ver la gran cama que mis viejos habían instalado para cuando vinieran los abuelos, saltando en ella, me comentó si podíamos pasar la noche ahí:

—Eso depende de lo bien que te portes conmigo— riendo al contemplar su alegría respondí.

A cuatro patas sobre el colchón, me replicó que no me preocupara porque pensaba ser malísima.

—¿Cómo de mala?— riendo pregunté.

—Esta noche voy a enseñar a esa zorra cómo se debe comportar si quiere que algún día te la folles.

La fijación que tenía en que terminaría tirándome a mi amiga me descolocó.

—En serio, ¿parece que quieres que me la cepille?

Con una triste pero elocuente sonrisa, la muchacha me espetó:

—Es algo que debes hacer. Mientras no te acuestes con ese par de putas, nunca sabré que me prefieres a mí.

Confundido por sus palabras, quise romper una lanza a favor de nuestra relación diciendo que con ella tenía más que suficiente.

—Yo lo sé, pero tú todavía no— sentenció mientras me rogaba que esa noche dejáramos la puerta abierta.

—¿Y eso?

Despelotada de risa, susurró:

—Estoy deseando ver la cara de esa engreída al contemplar cómo me follas.

—No creo que eso pase, piensa que estará ocupada con Manuel.

A carcajada limpia me anticipó lo que iba a ocurrir, diciendo:

—Tu amiguete se va a coger tal pedo que a pesar de los esfuerzos de su novia se le va a quedar dormido… y con un peso muerto a su lado, no va a librarse de espiarnos al escuchar los gritos que pegaré mientras me empalas.

Alucinado por lo maquiavélico de sus planes no dije nada mientras Altagracia siguiendo su hoja de ruta se iba a la cocina a preparar unos mojitos.

«Tanto Manuel como yo solo somos unos invitados en esta pelea», estaba pensando justo cuando tocaron la puerta.

Al abrir, me encontré a mi amigo con el ánimo por los suelos por la más que segura bronca que su novia le había echado mientras venían. Sin hacer comentario alguno, les pedí que entraran. Ana en cambio venía con un cabreo de narices y dejando su bolso sobre la primera silla que encontró, me preguntó por Altagracia.

—Estaba preparando las bebidas— uniéndose a nosotros, contestó la aludida mientras repartía las copas.

No me pasó inadvertido que el primero en recibir la suya fue Manuel, el cual ajeno a lo que se le avecinaba elogió ese mejunje tras probarlo. Con la duda de si se lo había cargado especialmente, di un sorbo al mío.

«Está más suave que el de ayer», me dije.

Me resultó raro que hasta Ana alabara el mojito y mientras se bebía el suyo, la mulata me preguntó si no había música. Convencido de facilitar sus planes y de que deseaba lucirse, puse la bachata que la había visto bailar en su casa.

—Cariño, ¡qué bien me conoces!— exclamó moviendo sus caderas.

La sensualidad con la que se puso a menear el pandero me dejó obnubilado e hipnotizado por la belleza de la mulata, seguí sus pasos por el salón. Manuel tampoco pudo abstraerse a esos contoneos y con la mirada fija en las duras nalgas de Altagracia, se bebió la copa. Ana también se vio afectada y sin percatarse de la excitación que esa morena provocaba en su novio, rumió su enfado sin dejar de observarla.

La chavala disfrutó al verse el centro de nuestras miradas, pero no por ello olvidó sus planes y comportándose como anfitriona, rellenó las copas de los tres. Al caer en que llevaba dos jarras y que con una de ella solo servía a mi amigo, comprobé mis sospechas de qué el mojito de Manuel llevaba más ron que el resto.

—¿Te apetece dejar acompañarme?— preguntó tomando de la mano a mi amiga: —Con tu belleza y la mía, dejáremos embobados a este par de idiotas.

Aunque se podía cortar con un cuchillo el ambiente y era evidente que la enemistad entre ellas, Ana no quiso perder la oportunidad de exhibirse ante mí y por ello, aceptó el reto y salió con ella a bailar.

Desde el sillón, Manuel y yo permanecimos en silencio y mientras mi colega miraba entusiasmado, comprendí que del duelo de esas dos divas solo una saldría triunfante mientras la perdedora irremediablemente se vería humillada. Por ello no me extrañó que, aprovechando el cambio de canción, se retaran mirándose a los ojos midiendo sus fuerzas e intentando que la otra se sintiera intimidada.

Adjudicándose la primacía al conocerme desde hace años, Ana decidió que ella debía de iniciar las hostilidades y por eso con tono suave para que no la oyéramos dijo a su rival:

—Mira zorrita, aunque te lo hayas follado, Pedro es mío.

Con una sonrisa burlona, la mulata la interrumpió diciendo:

—Mi enanito prefiere la piel morena y parece que tu novio también.

Indignada al darse cuenta de que no solo estaba en peligro mi devoción por ella sino también la de Manuel, contestó:

—¿Crees que una zorra como tú me los puedes quitar? ¡Ese par beben de mi mano!

Altagracia soltó una carcajada al ver que lo había oído y retando directamente a su rival, con voz baja, contestó:

—Puedes conocerlo desde antes, pero yo le he dado lo que ni tú ni la rubia fuisteis capaces de ofrecerle.

Constaté que era verdad y que Ana sentía que la estaba robando, pero fue la mención de su amiga el detonante de su ira y sin medir las consecuencias, la espetó:

—¡Soy mucho más mujer que tú!

Denotando su cabreo, se llevó las manos hasta sus pechos, mientras le decía que la haría morder el polvo cuando tanto su novio como yo la prefiriéramos a ella.

Muerta de risa, su oponente respondió mientras empezaba a moverse al ritmo del merengue que sonaba en el equipo de música:

—Eso lo veremos.

Junto a mí, Manuel, que no se enteraba de nada, me pidió otra copa y sintiendo hasta pena de él, se la rellené usando la jarra que específicamente Altagracia había preparado para él.

—Macho, ¿quién nos diría que al final se llevarían bien?— con la voz ya cogida por el alcohol murmuró en mi oído al creer que al estar bailando juntas la tirantez entre ellas entre había desaparecido.

«Este tío es tonto», pensé mientras sobre la improvisada pista nuestras novias meneaban sus panderos con la única intención de calentarnos.

Atento a sus reacciones, observé que Ana se iba encabronando al saber que el tipo de música favorecía a su rival y por eso, simulando una sonrisa, me pidió que pusiera algo europeo.

Dando un brindis al sol, obedecí poniendo una de sus melodías preferidas. Al escuchar a través de los altavoces, el Je t´aime de Jane Birkin sonrió.

«Esta puta no sabe quién soy yo», pensó al ver en esa elección una muestra de mi afecto y cogiendo una mano de la mulata, se la colocó en su trasero mientras comenzaba a bailar.

Altagracia no se quejó al ver la burda maniobra de su rival y subiendo la apuesta llevó la otra a sus nalgas, mientras se congratulaba del error que había cometido porque en un enfrentamiento cuerpo a cuerpo sus curvas y la diferencia de altura compensaría el no conocer la canción mientras pegándose se reía de lo caídas que tenía las tetas.

Que menospreciara sus atributos, indignó a Ana y queriendo darle una lección a esa advenediza, aprovechó para pegarle un pellizco en el culo.

—Serás zorra— indignada, la mulata le recriminó el daño que la había hecho y aprovechando que Manuel no podía verlo, agarró uno de sus pezones entre los dedos y apretó.

Ajeno a la violencia del duelo, Manuel seguía en la inopia y apurando su copa, me pidió otra mientras comentaba, señalando el bulto que crecía bajo su pantalón, lo bruto que le estaba poniendo esa escena.

Que esa don nadie le hubiese devuelto la agresión sacó de sus casillas a Ana y queriendo humillarla en plan calentorra le desabrochó los botones de la camisa.

—Para ser una zorra, no estás mal de delantera— reconoció al comprobar las ubres que escondía bajo el picardías.

La mulata ni siquiera hizo el intento de ocultarlos y disimulando su cabreo, bajó los tirantes de su agresora dejándola en ropa interior.

Mientras yo temía las consecuencias de ese enfrentamiento, Manuel estaba encantado al ver a esas dos casi desnudas y creyendo que era parte de un juego, aplaudió mientras brindaba conmigo por nuestras novias.

Su borrachera le impidió percatarse de la mirada asesina que le dirigió su novia ni escuchar que, acercando su cara a Altagracia, Ana le decía al oído que no sabía lo que su enano veía en ella.

Muerta de risa, al notar la impotencia de su competidora, agarró con sus manos el trasero de mi amiga y pegándole un buen magreo, le respondió:

—En cambio a ti ni te mira, debe de ser porque tienes el culo blandengue.

Aunque ese insulto hizo mella en la morena, lo que realmente le sacó de las casillas fue oír a su novio pidiendo que le rellenara el vaso. Tomando la iniciativa, restregó su coño contra el de la mulata mientras la llamaba sucia lesbiana. Juro que aluciné al advertir en mi pareja que ese arrebato la había excitado y que pegaba un gemido al sentir un estremecimiento en su entrepierna.

«Esto no me lo esperaba», pensé dando un sorbo a mi mojito.

Rechazando las sensaciones que amenazaban con derrotarla, quiso vengarse metiendo las manos bajo las bragas de Ana, pero para su desgracia al intentar tirarle de los pelos, se encontró con que llevaba el chumino totalmente depilado.

Tras recuperarse de la sorpresa de que la mulata estuviese hurgando en su sexo, Ana le espetó con intención de humillarla si le gustaba que sus parejas no tuviesen pelo en el sexo.

—Mucho, por eso mi hombre se lo rasuró— replicó sin perder la compostura y decidida a castigarla como se merecía, aprovechó que tenía la mano entre sus muslos para buscar con una de sus yemas su clítoris.

Mi amiga abrió los ojos de par en par al notar esa agresión y acojonada por lo que podríamos pensar al contemplar el trato del que estaba siendo objeto, nos miró. Pero al comprobar que su novio con la mirada perdida meneando su copa sin atender a lo que sucedía a escasos metros de él y que el único que no perdía detalle de ello era yo, decidió demostrarme con hechos que mi pareja perdía aceite y separando las rodillas, comentó:

—Si tanto te atrae mi coño, ¡te lo presto!

Confieso que me quedé paralizado y temiendo la reacción de mi amigo al ver que su novia daba vía libre a su oponente para que la tocara, giré mi cara hacia él.

«¡No me lo puedo creer!», exclamé en silencio, «¡Se ha quedado dormido!».

Tal era la concentración de esas dos que ninguna se percató que yo era el único testigo de su enfrentamiento y mientras su novio se echaba una siesta sobre el sofá, Ana comprendió que debía igualar la contienda. Usando las manos liberó las tetas de Altagracia para acto seguido morderle un pezón. El gemido de placer que brotó de mi negra pareja la destanteó y más excitada de lo que le hubiese gustado estar, cambió de pecho y repitió el castigo mientras se derretía al sentir los dedos de la mulata pajeándola.

He de señalar que el más excitado era yo, pero a pesar de las ganas que tenía de sacármela y de comenzarme a masturbar, no lo hice y como mero espectador, observé que el sudor había hecho su aparición en ambas contendientes.

Mi querida amiga nunca se esperó que cogiéndola de la barbilla la beAna y por ello tardó en reaccionar al sentir la lengua de la negrita jugando con la suya. Altagracia al notar que no rehuía ese beso, supo que iba a vencer y que no tardaría en correrse, por ello siguió torturando su botón mientras le preguntaba al oído si quería ver cómo Pedro se la follaba.

—Por favor— sollozó presa de la lujuria al escuchar esa propuesta y sin poder retener las ganas de correrse, se vio sacudida por el orgasmo.

Habiendo vencido esa escaramuza y dejándola tirada sobre la alfombra del salón, Altagracia me miró y extendiendo la mano, me informó que era hora de que su amo la empalara.

No tuve que ser muy listo para entender lo que quería y por ello, sacando la polla, la espeté:

—¡Cómemela antes!

—Su esclava está deseando servir a su señor— contestó mientras se agachaba entre mis piernas.

Ana no se había repuesto de su pecaminoso placer cuando ante sus ojos vio como la vencedora acercaba la cara a su premio y a pesar de sentirse humillada, no pudo más que gemir excitada al contemplar que Altagracia separando sus labios se introducía mi trabuco en la garganta.

—Lo tiene enorme— sollozó al saber que mi pene al menos esa noche era propiedad exclusiva de la morena y contraviniendo el comportamiento monjil que me había mostrado durante años, se comenzó a masturbar con el espectáculo.

Dando por hecho que mi pareja deseaba que le mostrara a mi amiga mi lado dominante, comenté mientras la tomaba de la melena y la llevaba hasta la cama:

—Demuestra a la que se cree muy mujer cómo es una verdadera hembra.

—Sí, mi dueño y señor— con una sonrisa, contestó poniéndose a cuatro patas sobre el colchón.

Como una zombi, Ana nos siguió al cuarto y sin intervenir en lo que estaba sucediendo sobre las sábanas, se sentó en una esquina de nuestro particular ring de boxeo.

—Tenemos compañía— riendo informé a la morena.

—Déjala que mire y que aprenda— musitó Altagracia mientras desabrochaba los corchetes de su picardías.

La belleza de ese negro y rasurado coño despertó la envidia de mi amiga y tartamudeando deseó por primera vez que me follara a la negra mientras se metía un dedo bajo sus bragas buscando algo que sustituyera a mi verga. Al contemplar la desesperación con la que se masturbaba, no me lo pensé y sabiendo que su necesidad por mí crecería exponencialmente al ver cómo poseía a mi mulata, tomé mi erección y tras jugar brevemente en su coño, se lo embutí hasta el fondo.

Para mi sorpresa fueron dos los gritos que llegaron a mis oídos, el de Altagracia al verse empalada y el de Ana al observar cómo lo hacía.

—Fóllate a tu amada— rugió la mulata mientras miraba a su oponente.

Ni que decir tiene que me puso como una moto el complacerla mientras a un escaso metro y sobre la misma cama, una de mis íntimas amigas lloraba excitada viendo al que creía su pagafantas empalando a su rival.

—Muévete, putita mía— con un sonoro azote ordené a mi montura.

Altagracia rugió presa de deseo al sentir que la nalgada y olvidando el descrédito que le supondría que Ana se fuera de la lengua, me imploró que la castigara porque se había excitado al tocar a mi amiga.

El jadeo que escuché de los labios de la aludida me informó que a ella tampoco le había resultado indiferente y lleno de lujuria, marqué mi ritmo con una serie de sonoros manotazos sobre los cachetes de la negrita.

—Zorra, mira como mi amo me hace suya y sueña con el día en que sea tu culo el que reciba estos azotes— gritándole a la cara, soltó a una de las dos crías que durante más de dos cursos habían dominados mis sueños.

Ese exabrupto desmoronó las últimas defensas que le quedaban en pie y obedeciendo, Ana acercó su rostro para contemplar mejor como entraba y salía mi pene del chocho de Altagracia. Juro que me impresionó ver el deseo que destilaba su mirada y sin saber a ciencia cierta si ansiaba ser penetrada por mí o pegar un lametazo a esos pliegues, di un salto en nuestra relación al pedirle que se pellizcara los pechos.

—No quiero— respondió, pero sin poderse oponer a mi orden usó las dos manos para torturarse los pezones.

Al observar que aún vestida Ana estaba entregada, solté una carcajada y ejerciendo de dueño de esa monada, le exigí que repitiese la operación con los pechos de la mulata.

—No quiero— como una autómata repitió antes de apoderarse de las tetas de la que había sido su rival, pero en vez de retorcérselos como había hecho con ella, Ana prefirió disfrutar de ellos mamándoselos.

Altagracia al sentir ese imprevisto y estimulante ataque colapsó sobre el colchón y rugiendo como leona en celo, me hizo saber que deseaba sentir mi semilla en su fértil útero.

—Embaraza a tu puta— me rogó Ana sacando de su boca el pezón de la morena.

Nada me previno de la reacción de Altagracia al oírla y es que, pegando un chillido, atrajo mi amiga y la besó. La pasión que ambas demostraron al comerse los morros fue la gota que derramó el vaso y mientras compartían babas entre ellas, exploté sembrando con mi simiente a la mulata.

Agotado por el esfuerzo, me tumbé colocando la almohada de forma que no me perdiera nada y viendo que seguían enfrascadas en el besó, desde mi privilegiada posición ordené a Ana que limpiara de semen el coño de la mulata.

Por un momento mi compañera de clase dudó, pero al ver el manjar que ponía a su disposición olvidó el recipiente y lanzándose entre los muslos de mi pareja, comenzó a retirar con largos lametazos sobre sus pliegues el blanco producto de mi lujuria.

—Está delicioso— suspiró al saborear el semen que impregnaba los labios de la mulata y cerrando los ojos, buscó saciar su hambre mientras Altagracia se retorcía de placer sobre las sábanas.

«Joder, ¡qué escondido se lo tenía», asombrado señalé en mi mente al contemplar la intensidad con la que recolectaba mi esencia.

El esmero que demostró al limpiar cualquier resto de mi corrida provocó que nuevamente mi querida negrita se corriera pegando gritos mientras me pedía que volviese a tomarla.

Riendo al ver su urgencia, comenté señalando a la muchacha que acababa de comerle el coño:

—¿Qué hacemos con esta?

Ana creyó que había llegado su turno y luciendo una dulce sonrisa, se arrodilló en la cama. Y poniendo su coño y su culo a mi disposición, me preguntó si se desnudaba.

—¡Que se vaya con el pelele de su novio! Bastante considerada he sido de permitir que aprenda. Ahora quiero a mi hombre, solo para mí— Altagracia contestó mientras abriendo de par en par sus piernas me daba entrada.

Viendo que no intercedía por ella y mientras volvía a penetrar a la que era mi pareja, la que hasta entonces se creía mi musa se bajó de la cama y cabizbaja fue a ver si Manuel estaba en condiciones de calmar, aunque fuera solo en parte, la humillación que sentía al verse rechazada por nosotros.

—No creo que ese borracho se despierte— tuvo que escuchar que mi negrita le chillara desde la cama….

14

Al despertar, Manuel y Ana ya se habían ido y eso me alegró porque no estaba en condiciones de enfrentarme con ella y menos con ese amigo de toda la vida al que había traicionado con su novia. Y cuando digo traicionado, no me he equivocado de verbo. Aunque no me la había tirado, era suficiente el haberla llevado a rogarme que lo hiciera para sentirme un judas.

«Soy un capullo», sentencié mientras observaba a Altagracia desnuda a mi lado.

La morenaza al ver la expresión de mi cara comprendió los negros nubarrones que poblaban mi mente y atrayéndome hacia ella, comentó que no era mi culpa sino la de Ana y que no debía sentirme mal.

—Lo sé, pero no puedo evitarlo— contesté mientras me dejaba mimar por ella.

—Piensa que fue ella la que te pidió que te la follaras y que tú fuiste el que se negó a hacerlo.

No quise contradecirla, pero la realidad era que, si mi mulata no la hubiese echado de la cama, a buen seguro hubiese caído en la tentación que para mí suponía esa chavala.

—¿Qué quieres de desayunar?— cambiando de tema, preguntó mientras se levantaba.

La hermosura de su cuerpo desnudo me hizo exclamar:

—¡Conejo a la cubana!

El rostro de Altagracia se iluminó al escucharme y volviendo sobre sus pasos, contestó:

—¿El cerdo de mi novio no ha tenido suficiente?

—Nunca— repliqué muerto de risa cuando en plan goloso esa belleza puso su sexo en mi boca, dando inicio a una nueva escaramuza en la que ella buscó dejarme seco mientras al contrario yo buscaba que se anegara y así durante todo el día hasta que, sobre las ocho de la tarde, supimos que debíamos separarnos.

Y fue una suerte porque acabábamos de hacer la cama y ya se disponía a marchar cuando de pronto escuchamos que se abría la puerta.

—Pedro, ¿estás ahí?— preguntó mi vieja al ver las luces encendidas.

Tan asustada como yo, Altagracia me preguntó si se escondía, pero sabiendo que tarde o temprano mis padres tendrían que conocer a la que era mi pareja, le respondí que no y tomándola de la mano, la llevé a conocerlos.

Mostrando una timidez impropia de su carácter y con las mejillas coloradas, me siguió por el pasillo temiendo la reacción de sus "suegros" al ver que su retoño aparecía con una mujer que le sacaba más de medio metro de altura.

—Papá, mamá. Os presento a Altagracia.

Mis padres se quedaron mudos por la sorpresa. La primera en reaccionar fue mi madre, que todavía en la inopia, le preguntó si era mi compañera de clase.

—No, mamá. Altagracia es mi novia— interviniendo respondí.

Casi se le cae la mandíbula al oírme y al borde de una ataque de nervios, la invitó a cenar.

—Se lo agradezco, pero no puedo. Debo volver a casa— tartamudeando respondió la morena.

Mi padre viendo la escena decidió echarme un capote y mientras le daba un beso en la mejilla a modo de despedida, le hizo saber que era bienvenida, para acto seguido y girándose hacia mí, preguntarme si no iba a llevar a esa monada a casa.

—Por supuesto— respondí y tomándola nuevamente de la mano, salí escopetado.

Ya en el coche, me percaté que dos gruesas lágrimas corrían por las mejillas de Altagracia y al preguntar el motivo por el que lloraba, la morena me respondió:

—Jamás nadie me había presentado como novia a sus padres.

De nuevo, comprendí el desprecio que sus anteriores parejas sentían por su color y acercando mi cara a la suya, preferí obviar el tema y respondí:

—¡Cómo no voy a fanfarronear del pedazo de hembra que me he agenciado! Sería idiota por mi parte, si no estoy orgulloso de ti.

—Lo dices para hacerme sentir bien— sollozó.

Tratando de hacerla reír y así evitar que siguiera martirizándose, comenté:

—No, lo hago para que mañana cuando me veas sigas queriendo follar conmigo.

—Eres un gilipollas, pero… te adoro— enjuagándose los lagrimones me replicó.

Rectificándola nuevamente, le solté:

—Soy un suertudo que todavía no comprende que has visto en este enano.

Sonriendo y justo antes de besarme, contestó:

—No veo a un enano, sino a un cerdo pervertido que solo piensa en abusar de su bellísima novia…

Durante cinco minutos, nos dejamos llevar por la pasión hasta que poniendo la cordura que a mí me faltaba, Altagracia me pidió que la llevara a casa de sus padres.

Al dejarla en el portal, me tomó de la mano y con una ternura que me dejó totalmente apabullado, me dio las gracias por haberle hecho pasar el mejor fin de semana de su vida.

—El primero de muchos— tartamudeé al caer en lo mucho que me gustaba esa morena mientras la veía marchar.

De vuelta a mi hogar, nervioso comprendí que me preguntarían por Altagracia, pero jamás preví que al llegar iba a sufrir un interrogatorio tipo Gestapo y es que nada más entrar en la cocina, mi madre supo que alguien que no era ella había trasteado en ella, tras lo cual revisó a conciencia el piso y descubrió que también habíamos usado la habitación de invitados.

Sabiendo que, si le comentaba algo al viejo, éste le obligaría a callárselo, esperó a que ajeno a lo que se me venía encima entrara por la puerta y sin mayor prolegómeno, me pidió que le dijera cuanto tiempo llevábamos saliendo y que desde cuando me acostaba con ella. Mi padre que estaba leyendo en el sofá trató de mediar diciendo que me dejara en paz.

Si las miradas matasen, hubiese caído fulminado ante la mirada furibunda que le lanzó su esposa y por ello, acobardado, no dijo nada cuando mi madre insistió en que la contestara.

Comprendiendo que se hubiese escandalizado si le decía que la primera vez que había hablado con Altagracia había sido ese viernes, preferí mentir:

—La conozco desde primero y aunque llevábamos tonteando desde entonces, no fue hasta el mes pasado que empezamos a salir.

Que la conociera desde hacía tiempo, la tranquilizó y dirigiendo su mala leche hacia mi viejo le preguntó si él lo sabía. Como en otras ocasiones y aun sabiendo que era mentira que llevábamos saliendo más de treinta días, papá contestó:

—Tu hijo me lo contó hace dos semanas y si no te dije nada fue porque sabía que te iba a sentar a cuerno quemado que tu bebé ya sea un hombre.

Le hubiese abrazado en ese momento al saber que le había contestado eso para concentrar el enfado en él. Y así fue, porque con un cabreo de dos pares de narices su esposa le comenzó a echar una bronca de campeonato.

Mi padre esperó a que se desahogara para decirle:

—Cariño, ¿querías que te dijera que nuestro chaval salía con un bellezón de un metro ochenta que levanta piropos a su paso? ¿O que su novia es tan guapa que cualquier hetero que se precie desearía para él?

El desmesurado elogio de su marido por la nuera que le acababan de presentar la cogió desprevenida y desmoralizada, contestó que eso era exactamente lo que la preocupaba.

—No quiero que sufras— me dijo casi llorando.

Me quedé sin palabras al ver su preocupación y por ello, nuevamente mi viejo me dio una lección diciendo:

—Pedro sabe más que nadie lo dura que es la vida y en este momento, lo único que debemos hacer es alegrarnos por él y pedirle que sea un caballero con esa preciosa criatura que ha sido capaz de vencer los prejuicios y ver más allá de su estatura.

Mi madre dio por terminada la conversación diciendo:

—No es para tanto, mi hijo es más guapo.

Riendo a carcajada limpia, mi padre me tomó del brazo y susurrando en mi oído, me soltó:

—No le hagas caso… tu madre no sabe de mujeres ¡Altagracia es un bombón!

15

Al día siguiente, Altagracia me estaba esperando en la puerta de la universidad y al verme volvió a demostrar lo poco que le importaba la gente, dándome un largo y apasionado beso. Un tanto acomplejado por esa muestra de cariño, le pregunté si me había echado de menos y con el desparpajo que me traía loco, me contestó que gracias a las fotos que tenía en el móvil se le había hecho más llevadero el no estar conmigo.

—¿Y eso?— pregunté.

Desternillada de risa, respondió:

—Me pasé toda la noche pajeándome con la imagen de mi enano desnudo.

—Eres un poco puta— con nuevos bríos para enfrentar esa jornada, contesté.

—Sabes lo insaciable que soy y eso es lo que te gusta de mí, ¿verdad?

—Sí, mi pequeña y casta albina— riéndome de ella murmuré mientras entrabamos al edificio.

—Capullo, no soy pequeña, ni casta, ni albina. Soy alta, bella, negra y tu amante más ardiente.

—¿Es que tengo otras?— con la intención de picarla, pregunté.

—Tú verás... ¡no creo que quieras que te convierta en eunuco!— siguiendo la broma y señalando mi entrepierna contestó.

Estaba todavía riendo cuando de pronto vimos llegar a Ana y a Cayetana. Iba a saludarlas, pero rehuyendo mi mirada pasaron por nuestro lado sin siquiera mirarnos.

—Tus amigotas todavía no han asimilado que estemos juntos— Altagracia me dijo mientras se despedía de mí.

Sabiendo que era verdad entré a clase, donde confirmé que era así al ver que en contra de lo que era nuestra costumbre, se habían sentado en las primeras filas.

—Peor para ellas— mascullé entre dientes mientras aposentaba mi trasero en mi sitio habitual.

Durante el descanso entre clase y clase, esas dos me volvieron a rehuir, pero no me importó al recibir la visita de mi mulata.

—¿Siguen sin hablarte?— murmuró al verme solo.

—Te tengo a ti— respondí.

A pesar de los pocos días que llevábamos juntos, Altagracia me conocía y tomando mi mano entre las suyas, me preguntó si quería que hablara con ellas. Supe que su intención era buena, pero tras negarme y di un giro a nuestra conversación, invitándola a desayunar.

—¿Me quieres cebar? ¿Acaso te gustan las gordas?— en plan divertido comentó mientras se cogía una inexistente molla de sus caderas.

—Me gustan las tetas gordas y cuanto más gordas, mejor— llevando mi mano a una de sus ubres repliqué.

—No comprendo cómo estoy tan colada por un degenerado— sentenció alegremente al sentir el suave pellizco que le regalé en un pezón.

Deslumbrado por el carácter juguetón de la morena, respondí mientras entraba con ella en la cafetería:

—Yo lo tengo claro, lo que más me gusta de ti es cuando te vistes de policía y me esposas a tu cama.

—Cerdo mío, nunca he hecho tal cosa.

—¿Ah no? ¿Entonces con quien fue?

—Uno de estos días, ¡me quedó viuda!— muerta de risa, comentó.

Justo en ese momento y cuando ya iba a decirle que todavía no pensaba en el matrimonio, recibí la llamada de Manuel. El cual, tras saludarme brevemente, me preguntó qué narices había ocurrido en mi casa.

—¿Por qué lo dices? - en plan gallego contesté.

—Joder, Ana apenas me habla y ayer se pasó la tarde llorando.

Incapaz de confesar lo cerca que había estado de ponerle los cuernos conmigo ni que se había dejado pajear por mi novia, aduje ese cabreo a la borrachera que se pilló.

—No fue para tanto— se defendió.

—Macho, te quedaste dormido en vez de aprovechar que ibais a pasar la noche juntos.

—¿Debe haber algo más?— en plan cretino me soltó.

Quitándome el teléfono de las manos, Altagracia le aconsejó regalarle unos bombones y luego de las mismas, echarle el polvo que no le echó, tras lo cual, colgó.

—Eres un tanto bruta.

—Y Manuel, un lelo total que no se da cuenta de que la zorra de su pareja anda soñando con el nabo de su mejor amigo.

Asumiendo que eran lógicos sus celos, llamé al camarero y le pedí dos desayunos mientras en mi fuero interno me traía preocupado el que Ana se hubiese pasado la tarde llorando, ya que eso, unido a los desplantes de esa mañana, podía significar que le había dolido más de lo que suponía mi rechazo.

«Si sigue sin hablarme, sabré que es así», sentencié mientras mojaba la madalena en el café…

16

Durante dos semanas, tanto Ana como Cayetana rehuyeron cualquier contacto conmigo y mientras comprendía las razones de la primera, el que la rubia también lo hiciera era algo que no comprendía porque al fin y al cabo con ella no había pasado nada. Afortunadamente, la vivificante alegría de Altagracia y su desaforado apetito sexual me hicieron más llevadera lo que en otros momentos hubiese sido una soledad absoluta.

Aun así, estaba triste y mi mulata lo notó y una tarde mientras la llevaba en coche a casa, me dijo preocupada:

—Te lo digo por última vez, ¿quieres que hable con esas locas?

—No— por segunda ocasión, me negué.

Dándome por imposible, me informó que sus padres le habían preguntado por mí.

—¿Y qué les dijiste?

—Que eras mi novio— respondió: — y siento decirte que se lo han tomado bastante mal.

Con el corazón encogido y creyendo que nada podía ir a peor, quise disculpar a sus viejos diciendo que era normal que les preocupara que su hija saliera con un enano.

Mi amada mulata me miró alucinada y riendo, contestó:

—Eso no les importa, incluso les ha hecho gracia. Con lo que no pueden es que no seas negro.

—¡Serán racistas! Con lo mucho que le gusta a su niñita este blanquito— al escuchar la razón de sus reparos, contesté.

Viendo que quitaba hierro al asunto, murmuró en plan picarón mientras con sus dedos me bajaba la bragueta:

—Serás blanco y enano, pero tienes la polla de un gigantón negro.

—Y a mi mulata, le encanta— descojonado respondí al sentir que, olvidando que alguien podía vernos, Altagracia había liberado mi falo y me empezaba a masturbar.

Con las manos en el volante, me concentré en la conducción al observar que no contenta con pajearme, agachaba la cabeza y metiéndola entre mis mulos, tomaba mi erección entre los labios.

—Loca, ¡nos podemos matar!— exclamé cuando en mitad de la mamada, su nuca chocó con mi brazo haciéndome girar.

—No voy a parar. Si quieres aparcar, hazlo— sacándosela brevemente de la garganta contestó.

Conociendo la fijación de la morena con ordeñarme en cuanto podía, preferí estacionar a un lado y así disfrutar sin tener un accidente. Para mi desgracia, estaba todavía buscando el deslecharme cuando de pronto recibí una llamada en el teléfono.

—Es Cayetana— musité temiendo que diese por terminada la felación.

Pero en vez de mostrarse celosa debió de darle morbo el seguir haciéndolo mientras su novio hablaba con otra y me pidió que contestara. La verdad es que no las tenía todas conmigo porque al tener el bluetooth activado Altagracia escucharía la conversación y por ello acojonado con lo que podía decir, contesté a Cayetana.

—Pedro, necesitamos hablar. Quiero que vengas a casa esta tarde sin falta.

Con un gesto Altagracia me ordenó aceptar y al contar con su permiso, únicamente le pregunté a qué hora y si Ana iba a estar.

—Te esperamos a las cinco, no faltes— y denotando su cabreo, colgó sin despedirse.

—¿Por qué quieres que vaya? - ya sin que nos pudiese escuchar la rubia pregunté.

—Cariño, son tus amigas y no quiero que pienses que hago algo por evitar que sigan siéndolo. Si después de hablar con ellas siguen sin hablarte no será culpa mía, sino suya.

La generosidad de la chavala me sorprendió y más cuando cómo si nada la hubiese interrumpido, reinició la mamada con mayor ímpetu.

—Cómo seas tan bruta, me voy a correr— le informé.

—Eso quiero, mi amor. Para que cuando esta tarde vayas con ese par de zorras no tengas nada en los huevos que regalarlas.

Descojonado, me relajé en mi asiento acatando de esa forma lo que el destino y la boca de mi novia tenían reservado para mí.

17

Tras dejar a Altagracia en su casa, fui a comer a la mía donde mi madre como hacía casi todos los días me preguntó por ella:

—¿Cómo sigue tu morenita?

Con ganas de decir que cada día con mejores tetas, respondí que bien.

—¿Cuándo la vas a traer a cenar?

Deseando contestar que con mi semen se quedaba contenta, de malas ganas repliqué que ya se lo diría.

—Me gustaría conocerla más— insistió mi jefa.

Enfadado por su interés, cogí mi plato y me fui a comer a la cocina, dejando a mi vieja sola en el comedor despotricando de su hijo.

Ya en mi cuarto, empecé a ponerme nervioso al saber que de lo ocurriera esa tarde dependía en gran manera nuestra amistad y por eso decidí intentar limar asperezas, aunque para ello tuviese que ceder algo con el único límite de acostarme con ellas.

«No creo que pase a mayores, no en vano sus novios son mis amigos y comprenderán que no es normal que les pongan los cuernos conmigo», sentencié mientras me preparaba para ir a esa crucial cita.

Dos horas más tarde, estaba tocando en la puerta del piso donde vivía la rubia. Supe que las cosas no pintaban bien en cuanto me abrieron y contemplé que ambas iban en picardías. Con ganas de salir huyendo, aun así, entré y como perrito faldero, las seguí hasta el salón.

—¿De qué queréis hablar?— pregunté mientras me sentaba en una silla.

Fue Ana la que contestó mientras se aposentaba a la izquierda de donde yo lo había hecho:

—De nosotros y de nuestro futuro.

—Me parece bien— respondí con la mosca detrás de la oreja al observar que Cayetana imitaba a la morena sentándose a mi derecha.

Sintiéndome encajonado entre ellas e intentando que no se me notara los esfuerzos que hacía para no recorrer con los ojos sus cuerpos, quise dejarles clara mi postura diciendo:

—Estoy jodido con esta situación, para mí sois mis mejores amigas y quiero solucionarlo.

La sonrisa con la que recibieron mis palabras me tranquilizó y por ello, creí conveniente comentar que haría lo necesario para que todo volviera a la normalidad.

—Lo mismo pensamos nosotras, queremos que vuelvas a ser nuestro confidente, el amigo en el que llorar y que nunca nos falla— dijo la dueña del piso.

Si bien estaba de acuerdo con ella, su tono suave y meloso me alertó.

—Nunca he dejado de serlo. Jamás he traicionado vuestra confianza y todo lo que me habéis contado, no ha salido de mí ninguno de vuestros secretos.

—¿Ni siquiera se los has contado a tu negrita?— me preguntó Ana poniendo su mano en una de mis piernas.

—Ni yo se los he contado, ni ella me los ha preguntado— respondí mientras de reojo observaba el profundo canalillo que lucía la morena.

—¿Y a Manuel o a Borja?— desde mi derecha me interrogó la rubia mientras recorría con sus dedos el muslo que tenía libre.

—Ya sabéis que nunca sería capaz de poneros mal ante vuestros novios— contesté ya aterrorizado al sentir que las manos de esas dos iban subiendo por mi pantalón.

Casi susurrando, Ana insistió en el tema diciendo:

—Entonces puedo confiar en que nunca se entere de lo que me hiciste hacer la otra noche.

—Yo no te obligué a nada— tartamudeé al sentir que mientras la morena incrementaba sus caricias, Cayetana había llevado sus manos a los botones mi camisa y los empezaba a desabotonar.

—Y respecto a lo ocurrido en el probador de Oysho, no me gustaría que Borja sepa lo bruta que me pusiste cuando me acariciaste el trasero— mordiendo mi oreja, dijo la rubia.

—Tampoco, os juro que nunca me iré de la lengua de algo que solo nos afecta a nosotros.

—¿Tampoco con Altagracia?— insistió.

—Tampoco— ya con dos gotas de sudor respondí al notar que abría de par en par mi camisa.

—Ahora que está todo claro y para que te perdonemos, nos vas a follar— cogiendo entre sus dedos mi pene, replicó Ana.

Confieso que para entonces ya estaba excitado, pero recordando a la mulata retiré su mano mientras decía:

—Lo siento, pero no. Tengo novia.

—Si tú no se lo cuentas, por nosotras no se enterará —saltando encima mío, contestó la morena.

Tener la cara incrustada entre las dos tetas con las que tantas pajas me había hecho no facilitó mi decisión y sabiendo que jamás tendría otra oportunidad de disfrutarlas, pedí a su dueña que se bajara.

—No seas tonto, llevas deseándolo desde que nos conoces— me dijo al ver que intentaba quitármela de encima.

Apoyando a su amiga, Cayetana me tomó de la barbilla y girándome la cara, me besó. Al sentir los labios con los que había soñado tanto tiempo me hizo dudar y cediendo momentáneamente, dejé que mi lengua jugara con la suya.

Ana creyó que habían ganado y llevando la mano a mi bragueta, la bajó y tras liberar mi pene, empezó a restregar su coño contra mi erección. Fue entonces cuando aterrorizado advertí que no llevaba bragas y que intentaba empalarse.

—¿Qué coño os ocurre a las dos?— grité molesto mientras haciendo un esfuerzo me retiraba de ella.

La fuerza que usé fue excesiva y espantado observé como se caía hacia atrás golpeándose contra el suelo.

—Te juro que no quería hacerte daño— pidiéndole perdón me agaché a ayudarla.

Tan acojonado estaba por los efectos de mi empujón que no me di cuenta de que Cayetana aprovechaba el momento para sacar unas esposas de un cajón.

—Tranquilo, no ha sido nada— todavía adolorida, Ana contestó mientras me rogaba que me volviera a sentar.

Sin tenerlas todas conmigo, accedí y sentándome al sofá, les volví a tratar de explicar que los tres teníamos pareja. Fue entonces cuando tomando una de mis manos, la rubia comentó que las perdonara, pero siendo mis únicas amigas se veían en la obligación de demostrarme lo equivocado que estaba.

—¿De qué hablas?— en plan ingenuo respondí.

—Tanto Manuel, como Borja o Altagracia son solo un juego. Nosotros tres somos un todo y es inevitable que estemos juntos— cerrando una de las argollas en mi muñeca me soltó.

Confieso que en un primer momento creí que era una broma, pero entonces llevando mi otro brazo hacia atrás Cayetana me colocó la esposa que faltaba.

—¡Quítame esta mierda!— enfurecido exclamé.

Me quedó claro que no iban a ceder y que lo tenían preparado cuando, actuando sincronizadamente, entre las dos me bajaron los pantalones.

—¡No hagáis algo de lo que luego tengáis que lamentarlo!— sintiéndome indefenso les grité.

—De lo único que nos arrepentimos es de no haberte follado antes y que tuviera que venir esa puta para que nos diésemos cuenta— dijo Cayetana mientras con la ayuda de su amiga me llevaban en volantas hasta su cama.

Creyendo que todavía había tiempo para convencerla antes de que me violaran, les rogué que recapacitaran. Pero ellas en vez de hacerlo, aprovecharon que no podía defenderme para encadenarme también las piernas.

—¡No soy vuestro juguete!— debatiéndome sobre las sábanas les chillé.

—Por supuesto que no lo eres… ¡eres nuestro macho!— con un intenso brillo en la mirada, replicó Ana mientras se acercaba a mí con unas tijeras.

Reconozco que casi me cago al ver que con ellas en sus manos se ponía a cortar mis calzones y más cuando al terminar de destrozarlos, me decía que o era de ellas o de nadie. Acojonado, dejé de forcejear y asumiendo todavía que se podía conversar con ellas, les pedí que me liberaran.

Siguiendo la hoja de ruta que habían acordado, la rubia puso música a todo volumen mientras la morena sonriendo se empezaba a desnudar.

—¿Prefieres que yo te haga una cubana con estas tetas o que Cayetana te haga una mamada?

Cualquiera de esas dos opciones me hubiera entusiasmado unos días antes, pero en ese momento era tal mi cabreo que ni digné a contestar y mi silencio lejos de hacerlas repensar sus planes, los aceleró y mientras su amiga se quitaba el picardías, Ana tomó mi verga entre sus pechos con la intención de pajearme.

Ese sueño tan largamente anhelado, me resultó repulsivo y a pesar de los intentos de la morena para mantener mi erección, esta fue menguando a la par que hacía más intenso su calentón.

—Por favor— musitó en mi oído, llena de angustia: —necesito ser tuya.

Queriendo explotar su flaqueza, le rogué en voz baja que me quitara las esposas sin asumir que todavía no estaba lista y que era mayor su rencor que la necesidad de ser tomada.

—Todo tuyo— con un deje de tristeza se levantó y dejó su puesto a la rubia.

Esta sonrió al saber que la verdadera razón de ese gatillazo fue la brutalidad con la que me había intentado masturbar y no queriendo caer en ese error, parándose frente a mí, comenzó a pellizcarse los pezones diciendo:

—Reconoce que soy preciosa y que siempre me has deseado.

Aunque lo intenté no pude abstraerme de la sensualidad con la que se estaba tocando y menos cuando subiéndose a la cama, gateó hacia mí mientras me decía las ganas que tenía de lamer mi paquete.

—Nunca pensé que aplicaría lo aprendido con mi novio con el que es mi verdadero macho— murmuró mientras con la lengua besaba mis pies.

El recuerdo de mi mulata haciéndolo llegó a mi mente e involuntariamente soñé que era Altagracia la que lo hacía. De inmediato, mi erección renació como ave fénix, Sonriendo, esa zorra de pelo rubio supo que iba en buen camino y en vez de abalanzarse, subió por mis gemelos dejando a su paso un camino con sus babas. No contenta con ello pidió a Ana que mordisqueara mis pezoncillos y solo cuando comprobó que la morena la obedecía, con su voz teñida de lujuria, ensalzó mi tamaño diciendo:

—Me tiene sin dormir el pensar que otra que no somos ninguna de las dos usa lo que es nuestro.

Juro que intente rechazar mentalmente la calentura que se iba apropiando de mí, pero mis intentos quedaron en nada cuando los carnosos labios de la rubia rozaron mi glande.

—Piensa en Borja— le pedí desmoralizado al saber lo mucho que deseaba que se introdujera mi verga en la boca.

—Esto lo hago por nosotros, quiero que te des cuenta de que solo existimos nosotros tres— susurró echando su aliento sobre mi tallo.

Ese suave soplido fue un huracán que demolió mis defensas y cerrando los ojos, anhelé que esa maldita zorra hiciera realidad su amenaza y tomara posesión de mi pene.

La lentitud con la que se introdujo cada uno de los centímetro de mi erección no puso fácil rechazarla, pero sacando fuerzas de mi desesperación juré que me vengaría de ambas pocos momentos antes de sentir que, absorbiendo la totalidad dentro de la garganta, sus labios llegaban a la base de mi pene.

—¡Dios!— gemí cuando envidiosa de su amiga Ana se lanzaba desesperada sobre mis huevos y que mientras su amiga metía y sacaba cada vez a mayor ritmo mi verga de su boca, la morena daba lametazos a mis testículos.

—¡Sois unas putas!— avisé de viva voz mi derrota al notar que el placer se iba acumulando exponencialmente en mí y que no tardaría en correrme.

La angustia de mi grito no las hizo menguar en su acción y percatándose de lo cerca que estaba del orgasmo, pajeándome entre las dos esperaron con cara hambrienta a que explotara.

Ni en mis mejores sueños imaginé tener a Ana y Cayetana entre mis piernas y menos aún que aguardaran ansiosas que las andanadas de mi pene en plan sedientas. Por eso y a pesar de ser capaces de violarme, juro que me sorprendió la voracidad que mostraron al ver salir mi semen. Y es que compitiendo entre ellas buscaron cada una su parte, sin importarles que su propia descoordinación hiciera que ambas terminaran con sus mejillas llenas de mi simiente. Si ya de por sí eso me resultaba excitante, verlas lamiéndose las caras para recolectar el blanco manjar que les corría por los carrillos fue la causa por la que habiéndome corrido mi trabuco permaneciera inhiesto.

La morena fue la primera en darse cuenta y mientras su amiga seguía chupándose los dedos en busca de restos de semen, tomó mi erección y sin mayor prolegómeno, se empaló brutalmente.

—¡Zorra! ¡Me haces daño!— aullé al sentir que mi glande chocaba con la pared de su vagina.

La felicidad que manaba de sus ojos al comenzar a cabalgar sobre mí me recordó su afición por ese tipo de monta y asumiendo que no pararía hasta conseguir vaciar nuevamente mis huevos, llevé mi cara hasta sus pechos y cogiendo uno de sus pezones, se lo mordí.

Mi arrebato no consiguió que aminorara el ritmo con el que me violaba y quizás con mayor intensidad, se lanzó desbocada en reclamo de un placer que sus antiguas parejas pocas veces le habían conseguido dar. Para colmo, Cayetana al ver que su compinche se le había adelantado y que disfrutaba entusiasmada del hombre que consideraba suyo, decidió que ella también quería y subiéndose a horcajadas sobre mi cara, me ordenó que le comiera el chumino.

Al comprobar que no obedecía, se sentó sobre mi rostro sabiendo que al hacerlo no podría respirar y sin importarle que me retorciera buscando aire, se mantuvo firme durante unos segundos presionando mi boca y mi nariz con el coño.

—Cómeme el chocho, ¡no te lo voy a repetir más!— me gritó dejando que tomara aire.

Indefenso ante ella, no pude dejar de cumplir sus deseos y con lágrimas llenas de ira, le di un primer lametazo mientras mi pene era zarandeado por su amiga.

—No queremos hacerte daño— musitó dulcemente al notar mi lengua entre sus pliegues: —pero tienes que aceptar que Ana y yo somos tus hembras y tú nuestro macho.

El cambio de actitud de esa loca me permitió pensar y mientras le regalaba un segundo lametón esta vez más profundo, comprendí que si quería salir sano de esa situación tenía que disimular mi cabreo y que ellas creyeran que claudicaba. Por ello, introduciendo mi lengua en su agujero, comencé a follármela mientras planeaba mi venganza.

—Me encanta— sollozó al sentir las caricias de mi húmedo apéndice en su interior.

Satisfecho al escucharlo, lo saqué brevemente de su coño para poder alabar su sabor y pedirle que se corriera en mi boca.

—No sabes cómo necesitaba saber que nos perdonabas— chilló descompuesta mientras le pedía a su amiga que cabalgara más despacio para darle tiempo de llegar al orgasmo.

Aluciné cuando Ana no solo la obedeció, sino que llevando las manos a los pequeños pechos de Cayetana la ayudó estimulándola los pezones mientras le pedía que hiciera ella lo mismo.

El menor ritmo de la morena me tranquilizó y mientras veía cómo retorcían las aureolas de la otra, me dio tiempo a meditar mi siguiente paso y regalándome un capricho con el que había soñado largamente, alargué mi lametazo y dejando atrás el chumino de Cayetana, metí la lengua en su ojete.

Para mi sorpresa, al sentir esa intrusión en su ojete, gimió de placer y usando sus manos, separó sus cachetes buscando que continuara haciéndoselo. Al contemplar Ana la escena y escuchar los aullidos de su amiga, se olvidó de que le había pedido ir más lento y desbocada se lanzó en pos de su orgasmo mientras por mi parte trataba de asimilar lo mucho que me gustaba el sabor y el olor agrio que manaba de ese culo.

Al volver a introducir mi lengua en ese hasta entonces no hoyado agujero, sin previo aviso, el riachuelo que para entonces era el coño de Cayetana se convirtió en un sobredimensionado Amazonas que empapó con sus aguas no solo mi cara sino también todo mi pecho mientras su dueña se veía sacudida por un gozo tan intenso como imprevisto.

—¡Me corro!— aulló descompuesta al sentir que todas sus pasadas experiencias languidecían ante el placer que le recorría su cuerpo y sin pensar en las consecuencias, se apoyó en los hombros de su socia de violación para no caerse.

El peso de la rubia provocó que mi pene se incrustara brutalmente en su coño y contagiada por su amiga, la morena sucumbió también ella ante el gigantesco clímax que naciendo entre sus piernas amenazaba con achicharrar hasta la última de sus neuronas.

—Lléname con tu lefa, ¡maldito!— bramó mientras alargaba y profundizaba en el placer, empalándose con mayor fiereza.

El cúmulo de sensaciones pudieron más que el rencor que sentía por ellas y contra mi voluntad, pegando un quejido exploté llenando de semen su conducto. Al notar que anegaba su útero con mis descargas, Ana se desplomó sobre la cama temblando de dicha y ante mi asombro y el de su amiga empezó a llorar diciendo lo mucho que nos amaba.

«Dice que me ama, cuando me acaba de violar», babeando por la indignación que me dominaba, pensé.

En cambio, sus palabras impactaron en Cayetana y tirándose sobre ella, la empezó a besar con una desesperación que hasta me asustó.

—Yo también te quiero - escuché que le decía mientras entrelazaba sus piernas con las de ellas.

«Joder», exclamé en mi interior al ver la pasión con la que esas dos restregaban sus coños olvidándose de mí.

La lésbica escena me cautivó y contra mi voluntad, entre mis rollizos muslos mi pene se alzó traicionándome. Pero cuando presas de la lujuria cambiaron de posición y comenzaron a ejecutar un inenarrable sesenta y nueve y Cayetana me regaló con la visión del glorioso culo que acababa de lamer, fue realmente cuando comprendí que no me podía ir de ahí sin rompérselo y llamando su atención, les pedí que me liberaran porque quería follármela.

—En serio, ¿eso quieres?— me preguntó la rubia: —¿No nos engañas?

—Os lo juro— contesté y usando sus mismas palabras en contra de ella, afiancé mi petición diciendo: —Somos uno y eres la única con la que no lo he hecho.

Al ver que me liberaba sin comentarlo con Ana alcancé a entender hasta donde llegaba su urgencia y sabiendo que mi venganza pasaba primero por sodomizarla en plan salvaje, al verme libre de las esposas, sonriendo le pedí que quería ver cómo le comía el chocho a la morena.

Por vez primera se percató de los besos que había compartido con ella y totalmente colorada, me dijo que no era lesbiana.

—Por supuesto que no, pero te recuerdo nuevamente que somos un todo y si quieres que te tome, no podemos dejarla al margen.

Ese burdo razonamiento fue la excusa para que cediendo a mis deseos mirara a su compañera pidiendo su permiso. Al comprobar que ésta sonriendo se abría de piernas, no se lo pensó más y agachándose, hundió la cara entre sus muslos. Al hacerlo no cayó en que había puesto su trasero a mi disposición hasta que, mojando mi verga en su coño, empecé a jugar con su ojete.

—¿Qué vas a hacer?— me preguntó con una mezcla de deseo y de miedo que no me pasó inadvertida.

—Lo sabes perfectamente— comenté mientras con un empujón se la clavaba hasta el fondo de sus intestinos.

Un chillido de dolor retumbó entre las paredes de su cuarto y desesperada intentó zafarse de mi ataque, pero cogiendo sus caderas se lo impedí y sin dejar que se acostumbrara a la invasión, comencé un violento mete saca.

—Por favor, me duele— temiendo que se lo desgarrara sollozó.

Fue en ese momento cuando conocí de primera mano hasta la clase de amistad que tenían entre ellas, cuando obviando el maltrato al que la estaba sometiendo Ana le tiró del pelo y de muy malos modos, le exigió que siguiera lamiendo su almeja.

Me satisfizo de sobre manera comprobar que la morena era una cabrona con la rubia y descargando mi venganza sobre las nalgas de Cayetana, la azoté brutalmente mientras le exigía que se moviera. Sus lloros se incrementaron durante unos segundos hasta que paulatinamente fueron siendo sustituidos por gemidos de placer.

—Sigue dándole, ¡a la muy puta le gusta!— en plan perverso me rogó su amigota mientras intentaba acelerar su placer masturbándose a la vez que ésta le comía el chumino.

Como no podía ser de otra forma, en ese momento y con parte de mi venganza satisfecha, me lancé en busca de un merecido orgasmo cabalgando sobre el culo con el que tanto había soñado, pero desgraciadamente antes de alcanzarlo Cayetana se me anticipó y ladrando como perra en celo, se corrió dejándose caer sobre las sábanas.

Al desplomarse la visión de su culo sangrando me hizo saber que tenía que dirigir mi venganza a la otra y cogiendo su móvil de la repisa, tomé a Ana de su melena y la obligué a abrirlo. Asustada accedió, pero llorando intentó pedirme perdón.

Trasteando en el teléfono, localicé la cámara y tras encenderla, le pedí que me la mamara. La morena al contemplar mi verga todavía tiesa llena de la mierda y de la sangre de su amiga me rogó que no la obligara a hacerlo, pero con un sonoro y doloroso tortazo le hice saber que no estaba dispuesto a irme de ahí con la polla sucia.

Llorando desconsoladamente, sacó su lengua y comenzó a retirar con ella los restos que habían quedado tras romperle el culo a Cayetana. Mientras lo hacía, me puse a inmortalizar tanto el momento en que se tragaba mi erección como el ojete sangrando de su amiga.

Solo después de hacer un extenso reportaje fotográfico de los mismos y enviarlo a mi correo, despelotado de risa, cogiéndola de la cabeza, comencé a usar su boca como si de su coño se tratara. No me apiadé de sus arcadas ni de sus lágrimas y por eso continué hasta que descargué mi ira y mi leche en su garganta.

Entonces y solo entonces, recuperando mi ropa, salí de la casa mientras pensaba en cómo le explicaría lo sucedido a mi mulata.

18

A pesar de parecer que había transcurrido una eternidad desde que había entrado, en el portal miré el reloj y vi que todavía no habían dado las siete. Cómo Altagracia no cenaba hasta las nueve y media, la llamé diciendo que quería verla.

—Ven por mí— me dijo.

Comprendí que si no había preguntado cómo me había ido era porque barruntaba que no le iba a gustar mi respuesta.

«No me va a creer», pensé ya que si alguien me llegaba y me decía que dos preciosidades lo acababan de violar, lo tomaría a loco.

Por ello, con los nervios a flor de piel, conduje como loco hasta su barrio. Mi mulata estaba ya esperando en la acera y sin dejar que aparcara, me rogó que fuéramos a un pequeño descampado que había cerca.

Sin ánimo de discutir y decirle no me parecía seguro, accedí y a los pocos minutos, estaba aparcando bajo un árbol. Con el corazón a mil por hora, iba a comenzar a narrar lo sucedido cuando poniendo un dedo en mis labios, me obligó a callar:

—Solo quiero saber una cosa, quisiste o te obligaron.

Abochornado de que supiera de antemano que me había acostado con ellas, contesté:

—Me obligaron.

Con una triste sonrisa, echando su asiento hacia atrás, me pidió que la abrazara porque con eso tenía suficiente. Pasándome a su lado intenté explicarla lo sucedido, pero tapándose los oídos me imploró que no le dijera nada.

—Necesito sentirte— me dijo mientras me tomaba en brazos y me colocaba sobre ella.

Cargando sobre mis hombros una culpa que no era mía posé mi cara sobre su pecho, en silencio. Mi mutismo no hizo más que confirmar a sus ojos que de alguna manera esas, a las que ella llamaba zorras, se habían salido con la suya y queriendo creer que no había pecado en mí, me abrazó con fuerza.

—Te quiero más que a nadie— temeroso, susurré sin mirarla.

—Yo más— respondió con un grueso lagrimón surcando una de sus negras mejillas.

Enternecido y sin llegarme a creer todavía que no me montara ninguna bronca, me incorporé y recogí la salada gota de dolor entre mis labios mientras le pedía que no me dejara.

—Ámame— me rogó mientras besaba mi boca con una ternura que no me merecía.

Sintiendo que ella era mi amada dueña y yo, el fiel bufón secretamente enamorado de la reina, respondí a sus besos acariciando su pelo sin atreverme a nada más.

—Ámame— insistió quitándome la camisa.

Al ir a ayudarle con la suya, vio en mis muñecas las señales de las esposas y se las quedó mirando furibunda. Supe que lo había adivinado todo cuando sin mencionar las marcas, me tumbó en el asiento y las empezó a lamer como una gata hace con las heridas de sus cachorros.

—Tranquila, no me duelen— susurrando dije en su oído.

—Pero a mí, ¡sí!— respondió con voz suave mientras buscaba en mi cuerpo algún otro maltrato.

Cuando encontró las garras de Ana marcadas en mi espalda, empezó a murmurar entre dientes maldición tras maldición al tiempo que intentaba calmar mi dolor con sus besos.

—Las mataré— fue lo único que comprendí de toda una parrafada que pegó en voz baja.

Asustado por la seguridad y violencia de su tono, le exigí que se calmara y que lo olvidara.

—No puedo— sollozó mientras me volvía a tomar entre sus brazos.

—Si las haces algo, seré yo el que me enfade contigo— dije y abriendo mi correo en la pantalla del móvil, le mostré que ya me había vengado enseñándole el estado de cómo había quedado el culo de Cayetana y a Ana limpiando su mierda con la boca.

Agrandándolas en la pantalla, mi mulata revisó a conciencia las foto. Solo después de haber examinado todas y mientras me bajaba la bragueta, contestó:

—Te prometo no asesinarlas, pero si me las encuentro en la calle no te puedo asegurar que no les diga nada— satisfecha con sus pesquisas me dijo antes de bajar la cabeza y empezar a oler mi erección.

—¿Qué coño haces?— pregunté al verla olisqueando ahí abajo.

—Antes solo sabía cómo olía el chumino de Ana, pero ahora no olvidaré a qué huele el de Cayetana y pobre de ti, si te vuelvo a pillar uno de esos olores en cualquier parte de tu cuerpo - refunfuñó.

Y sin dar importancia a lo que me acababa de decir, con una sonrisa de oreja a oreja abrió los labios para borrar de golpe cualquier aroma que no fuera el suyo…

19

Al irla a dejar, quedé con ella al día siguiente en la puerta de la facultad para que no se le ocurriera hacer una tontería. Aunque me había prometido que intentaría olvidar lo que me habían hecho Cayetana y Ana, no las tenía todas conmigo y prefería que entrara conmigo. Todo el mundo comprenderá que tratase de evitar que fuera a encontrarse con ellas e hiciera algo de lo que luego se tuviese que arrepentir. Por eso desde las ocho y cuarto estaba ya esperándola y solo me empecé a poner nervioso a la hora de entrar, cuando todavía no había llegado. Aun así, aguardé otros diez minutos antes de llamarla por teléfono y me temí lo peor al no contestar.

«¿Dónde se habrá metido?».

Asustado comencé a preguntar a sus compañeros de clase si sabían algo de ella, pero ninguno la había visto. Solo respiré cuando cerca de las nueve la vi acercarse por la vereda que da acceso a la universidad.

—¿Dónde has estado?— quise saber al observar que venía agitada y con la blusa fuera.

—He perdido el bus— dijo mientras me daba un beso.

No pude recriminarle que no hubiese contestado mi llamada cuando el día anterior ella me había perdonado que, teniendo la oportunidad de huir, me hubiese quedado solo para sodomizar a Cayetana y tomándola del brazo, como ya no podíamos ir a primera hora nos fuimos a desayunar a la cafetería.

A segunda hora, entré a clase y me fijé que ninguna de las dos arpías había aparecido, cosa que no me extrañó al suponer que estaban aterrorizadas con la idea de que al llegar se encontraran que todos sus compañeros hubiesen visto las fotos que tenía en mi móvil.

«Es su problema, no el mío», sentencié ocupando mi lugar.

Ni Ana ni Cayetana aparecieron por la facultad al día siguiente y tampoco el resto de la semana. Cómo seguía enfadado, no hice intento alguno de ponerme en contacto con ellas y disfruté de la compañía de mi novia, olvidando la encerrona que me habían hecho.

El viernes al ir a recoger a Altagracia conocí a su madre, una madura de muy buen ver que hacía honor a su retoño. La señora era todo un monumento y tan simpática y dicharachera como su hija.

—Así que este es el hombretón que te trae loca— dijo al verme llegar.

Me hizo gracia que me definiera así y asumiendo que debía ser educado, le solté un piropo:

—Al verla, me queda claro de dónde sacó Altagracia su belleza.

—Además de guapo, lambiscón— usando un coloquialismo americano respondió.

Por la risa de su hija, supe que esa palabra no era ofensiva sino cariñosa y guardándomela en la memoria para preguntar luego su significado, comenté a mi novia donde la apetecía que fuéramos.

—A Cats— respondió sin dudar.

Reconozco que me resultó raro que quisiera ir ahí al ser este el lugar predilecto de esas arpías. Pero no queriendo que si me negaba viera en ello una debilidad, me tragué mis reticencias y únicamente, le dije si estaba segura.

—Lo estoy, mi enano divino.

Su seguridad disolvió de golpe mis reparos y pacientemente, esperé que se terminara de arreglar mientras soportaba estoicamente la sarta de preguntas que me hizo su progenitora. De todas ellas la que me resultó más difícil de responder fue cuando me preguntó sobre mis intenciones con su chavala:

—Nunca la he visto tan ilusionada y me molestaría saber que el hombre que adora solo la considerara un pasatiempo.

—Doña Caridad, ¿me ha visto bien? Soy un afortunado y si ella no me hiciera caso, solo por estar con ella me sentiría dichoso con solo tener la oportunidad de llevarle el bolso—respondí.

—¿Pero la quieres?— la enorme mulata insistió.

—La adoro— haciendo un examen de conciencia, contesté.

—Con eso me basta— replicó y pegando un grito a su hija, le pidió que se diera prisa porque no era bueno que una mujer hiciera esperar a su futuro marido.

Curiosamente, la predicción que encerraba ese afectuoso berrido no me molestó y dando un sorbo a la cerveza que me había puesto en las manos, me puse a recapacitar sobre mis sentimientos.

«¡La amo!», exclamé en mi interior al percatarme de la profundidad de lo que sentía por ella y por vez primera, temí que algún funesto día me dejara.

Cuando salió de su cuarto esos temores se reafirmaron al asumir que mi novia era una diosa de ébano y que, a su lado, yo no era más que una pequeña y rechoncha caricatura.

—Cariño, ¿nos vamos?— me preguntó subida a unos zancos y vestida con un sugerente, pero fino vestido, que hacían más evidente la diferencia de físico entre nosotros.

—Sí, mi dueña y señora— apurando la bebida, decidí aceptar lo que me deparara el destino y disfrutar de esa relación mientras durara.

Ya en el coche, la tranquilidad de mi mulata al afrontar el hecho que en ese disco bar podíamos toparnos con las dos brujas que no solo habían intentado separarnos, sino que habían llegado a abusar de mí, me tenía perplejo y rezando para que al igual que no habían aparecido por clase, Ana y Cayetana no estuvieran, conduje hasta allí.

Mis plegarias no fueron escuchadas y al entrar en el local, vi a Manuel y a Borja sentados en el reservado donde siempre ocupábamos y a sus novias pidiendo una consumición en la barra. Por un momento dudé si acercarnos, pero tomando la iniciativa jalando de mí Altagracia me llevó con mis amigos.

Al ocupar mi asiento, me quedé paralizado al comprender que esas arpías parecían haber sufrido un accidente.

—¿Qué les ha pasado?— pregunté a Manuel al observar que su novia tenía los ojos morados y que Cayetana llevaba uno de esos protectores nasales que los médicos ponían sobre una nariz fracturada.

—Si te digo la verdad, no quieren hablar de ello. Por lo visto el martes al llegar a la universidad y sin venir a cuento, una latina loca les dio una paliza en el aparcamiento. Y lo peor de todo es que les ha entrado tanto miedo que se han negado a denunciarla.

Mirando de reojo la sonrisa de que lucía en ese momento Altagracia, supe que había sido ella esa latina, pero conociendo los motivos que la habían empujado a darles esa golpiza me sentí orgulloso de ser su pareja. A pesar de ello, atrayéndola hacía mí, susurré en su oído:

—Recuérdame que tengo que darte unas nalgadas, no me hiciste caso cuando te pedí que lo dejaras pasar.

—No sé de qué me hablas— haciéndose la inocente me contestó.

Tuve ganas de besarla, pero en ese momento apareció Ana con unas copas para nosotros. Cómo estaba mi amigo de la infancia, no exterioricé mi extrañeza de que nos las trajera sin siquiera haberlas pedido.

—¿Me acompañas a por las nuestras?— dijo levantando de la mesa a su novio.

Ya tenía en la punta de la lengua preguntar a mi adorada negrita qué era lo que ocurría cuando de pronto la rubia de la nariz rota se sentó junto a ella y poniendo un llavero en sus manos, en voz baja, le confirmó que tal y como les había exigido habían alquilado el estudio y que esas eran las llaves para entrar.

—Llegaremos a las dos de la mañana— respondió: —Os quiero ya ahí calentando la cama.

—¿Y qué les decimos a nuestros novios para desaparecer sin que se mosqueen?

—Ese es vuestro problema— Altagracia contestó.

Cayetana casi llorando se levantó y fue a reunirse con su amiga para contarle lo que le había ordenado. Desde mi asiento, observé la cara de espanto de la morena al recibir la noticia y girándome hacía mi chavala, no me hizo falta preguntar qué ocurría porque, sin darle importancia, ella me lo explicó diciendo:

—He llegado a un acuerdo con esas zorras para que, lo que te hicieron, quede entre nosotros.

—¿En qué consiste? - quise saber al advertir que no me decía todo y que se guardaba no un as sino toda la baraja bajo la manga.

Esa dulce, pero perversa, criatura me besó mientras decía:

—Con sus ahorros, esas pijas nos han conseguido un picadero para que lo usemos los cuatro.

—¿Los cuatro?— sin comprender todavía el alcance de su venganza, pregunté.

—Han aceptado su pecado y para compensarte, se han ofrecido a servirnos todo el tiempo que tú y yo consideremos necesario.

Al escuchar sus palabras, tanteé el alcance de ese pacto:

—Cuando hablas de servirnos, ¿exactamente a qué te refieres?

Muerta de risa y mientras le hacía un gesto a Cayetana pidiendo que le fuera pidiendo otra copa, contestó:

—Les debe haber molado el tamaño de tu miembro y mis tetas porque han accedido a ser nuestras putas personales.

—¿Me estás diciendo…?

Interrumpiéndome, respondió:

—A partir de hoy, no solo tendremos un sitio donde follar sino un par de juguetes con los que dar rienda a nuestra imaginación.

20

Sobre la una de la madrugada, tanto Ana como Cayetana se fueron sin despedir dejando a sus novios con nosotros y no me enteré de la excusa que habían puesto hasta que Manuel me contó que ese par les habían montado una bronca quejándose de que no les hacían caso y que no paraban de tontear con unas fulanas ya mayorcitas que estaban bailando a nuestro lado.

—Confieso que un par de veces se me fue la mirada a esos culos, pero te juro que no he hecho nada más— quejándose de la actitud de su pareja, me confió.

—Ya se le pasará— dije sabiendo que en ese momento la morena debía de estar con la rubia preparando el apartamento para que todo estuviese listo cuando llegáramos.

Al cabo de un rato, Altagracia me señaló el reloj de su muñeca. Comprendí que había llegado la hora de irnos y por eso tras despedirnos de los cornudos, salimos del local.

—Espero que me hayan hecho caso. No me gustaría tener que castigarlas la primera noche que vamos a pasar juntos— con un brillo picarón en su mirada, susurró ya en el coche.

Por su tono supe que me aguardaba una sorpresa, pero jamás pensé que al llegar ese par nos recibiera en la puerta con unas copas de champagne y menos que lo hicieran disfrazadas de colegialas.

He de decir que no pude evitar reír cuando tomando su copa, Altagracia brindó conmigo diciendo:

—Cómo fueron niñas malas, nos han pedido que hoy las enseñemos a portarse bien… ¿verdad zorrita?— preguntó mientras con una de sus manos acariciaba los pechos de Ana.

Sentir ese manoseo en su tetas la indignó, pero en vez de rebelarse, la morena contestó:

—Así es, maestra.

Curiosamente y en cambio, Cayetana se pegó a mí como exigiendo que le diese el mismo trato, pero en vez de regalarle un sobeteo en los senos, preferí meter la mano bajo su falda y recrearme con ese culo que había sido la inspiración de tantas pajas. Al hacerlo descubrí que llevaba unas bragas de perlé como las que se usaban hace cincuenta años.

Al contrario de su amiga, la rubia disfrutó de esas caricias y con los pezones en punta, preguntó si me gustaba el piso que había elegido para recibir nuestras clases.

Dejando a mi mulata con Ana, pedí que me lo enseñara.

Aunque no me lo había dicho, al recorrer con ella el apartamento, asumí que además de sufragar la mayoría de los gastos había sido quien se había ocupado de decorarlo. Destilaba la misma clase y el mismo lujo del piso que compartía con sus padres.

Pero lo que me dejó sin palabras fue cuando me topé con una cama de dimensiones gigantescas al entrar en la habitación.

—No encontré una más grande— malinterpretando mi cara, se disculpó.

«Ni falta que hace», estaba pensando al comparar ese estadio de fútbol con la Queen Size de mis viejos, cuando de pronto la escuché decir que sentía lo que me habían hecho y que me daba las gracias por permitir que me lo compensaran.

Al fijarme en ella, el rubor de sus mejillas no consiguió ocultar la extraña satisfacción que sentía por ese pacto y queriendo discernir a qué se debía, directamente quise saber qué le había llevado a violarme y qué había sentido cuando en venganza le había roto el culo.

Incapaz de mirarme a los ojos, me reconoció que al enterarse del modo en que habíamos tratado a Ana en mi casa, le había dado envidia y que sabiendo que las castigaría, había convencido a su amiga de forzarme para así obligarme a abusar de ella.

—Has aprendido en el poco tiempo que llevas con la mulata, más que yo con Borja en dos años— prosiguió diciendo mientras se acercaba a mí.

Casi se me cae la copa de champagne al oír sus motivos, ya que jamás hubiese supuesto que esa rubia tan segura y vanidosa escondiera en su interior una mujer tan ardiente que deseara entregarse a nosotros para que la enseñáramos.

—¿Te pone cachonda saber que vas a ser nuestra puta?— recorriendo con mis manos sus pechos, indagué.

El profundo gemido que pegó al sentir mis dedos fue la indudable respuesta de qué así era y disfrutando con ese descubrimiento, me permití el lujo de pellizcar brevemente sus pezones.

—¿Qué haces jugando con nuestra pupila sin mí?— desde la puerta, Altagracia preguntó.

Estaba a punto de disculparme cuando de pronto descubrí a Ana totalmente desnuda a su lado y muerto de risa comprendí que mi mulata había empezado a educarla antes que yo.

—¿Te apetece probar el jacuzzi?— sonriendo, dijo mientras abría la puerta del baño.

Juro que aluciné al ver la bañera ya preparada y más cuando al entrar ahí, la rubia se agachó y se puso a desnudarme sin que yo le tuviese que decir nada.

—Tu amiga se la ve bastante más aplicada que a ti— señalando a la morena, comentó.

Ana se tuvo que contener para abofetearla y con lágrimas en los ojos, fue desabrochando los botones de la camisa de la mujer que marcaría su vida en el futuro mientras Cayetana arrodillada a mis pies sonreía satisfecha con su destino.

Ya sin ropa, mi novia se metió conmigo en el jacuzzi y observando que la rubia seguía todavía vestida, ordenó a su amiga que la ayudase.

—No soy su criada— protestó Ana.

—Pero sí la nuestra. Y si te pido que hagas algo, espero de ti que lo hagas sin rechistar o tendré que darte un escarmiento— sin elevar la voz, pero con un tono que hasta mí me hubiese dejado temblando, respondió.

La morena quizás recordó los golpes que le habían decorado la cara de morado e inmediatamente, se puso manos a la obra.

—Mas despacio, Cayetana se ha ganado que pueda admirar lentamente la belleza de su cuerpo— apoyado en el interior de la bañera, comenté.

La alegría con la que ésta reaccionó a mi comentario me confirmó nuevamente su decisión de aprender y mientras Ana la despojaba de la falda de cuadros, le pedí a mi mulata que se fijara en el estupendo culo con la que estaba dotada.

—Muchas gracias, mi señor— interviniendo, contestó la aludida: —Me encanta saber que le gusta.

Muerta de risa, Altagracia susurró en mi oído:

—¿Te has fijado que te llama señor y que te habla de usted? Te juro que yo no se lo he ordenado.

—No solo eso... espera a que termine y atiende— comenté sin revelar a mi novia nuestra conversación.

Intrigada por lo que le iba a mostrar, Altagracia se quedó callada mientras Ana acababa de desnudar a su amiga. Al terminar pedí a Cayetana que se acercara y metiendo la mano entre sus piernas, comencé a hurgar entre sus pliegues mientras le pedía que empezara a enjabonarme.

La mulata sonrió al ver las facilidades que me daba la rubia y no queriendo ser menos, ordenó a la otra chavala que imitara a su amiga y la bañara.

—Prefiero ser yo quien bañe a Pedro— musitó desmoralizada.

—¿Acaso quieres romper nuestro acuerdo?— con voz dura, la negrita respondió.

Aterrorizada por que se hicieran víricas las escenas que había grabado, se tragó el orgullo y llenando de jabón la esponja, obedeció. Altagracia soltó una carcajada y tomándola desprevenida, se puso a juguetear con los pechos de la morena.

Durante unos segundos no supe interpretar los gemidos de Ana al sentir sus tetas manoseadas por mi novia. Por una parte, notaba su indignación, pero por otra al contemplar que no se alejaba, supe que de alguna forma ese contacto no le era tan desagradable.

—No soy lesbiana— en un último intento sollozó al ser consciente de la humedad creciente que amenazaba con anegar su sexo.

La mulata sonrió al oírlo y atrayéndola, se puso a mordisquear sus ubres mientras le decía que eso era algo sin importancia dado que había acordado ser nuestra putita.

—Creía que sería Pedro el que nos usara— respondió.

Sin levantar la voz, mi novia le pidió que se vistiera y se fuera del apartamento. Fue quizás entonces cuando Ana cayó realmente en que esa mujer la tenía en sus manos y que se tenía que entregar completamente o atenerse a las consecuencias.

—Perdón, quiero quedarme— aterrorizada y cayendo de rodillas ante ella, imploró.

—Demuéstralo— escuetamente contesté.

Con lágrimas en los ojos, mi antigua mejor amiga se giró y poniéndose a cuatro patas, puso su sexo a nuestra disposición pidiendo que quería recibir el mismo trato que su compañera de penurias, la cual en esos momentos luchaba para no correrse ante mis caricias.

Exigiéndola que entrara dentro de la bañera, Altagracia no desaprovechó la oportunidad que le brindaba y teniéndola ya frente a ella, le pasó el teléfono de la ducha diciendo:

—Lávate el chumino, no me gustaría que Cayetana tenga que descubrir a qué sabe el semen de Manuel antes de tiempo.

Sus palabras terminaron de desmoralizarla al comprender los dos mensajes que escondían, el primero que la rubia iba a ser la encargada de verificar que tal y como había prometido no se había acostado con su novio esa noche, y el segundo quizás todavía más hiriente que de alguna forma esa arpía les iba a obligar a hacer un intercambio de parejas.

—Cumplí con mi parte, no me lo he tirado desde hace días— gimoteó mientras se enjabonaba.

Muerta de risa, la mulata se acercó a mi lado del jacuzzi y susurró en mi oído, a quien me apetecía tirarme antes.

—A ti— fue mi respuesta.

Satisfecha por ella, Altagracia miró a la rubia y le exigió que me pajeara diciendo:

—Mi macho no está listo. Haz algo para solucionarlo.

Cayetana o no entendió o lo que es más seguro, aprovechó esa orden imprecisa para entrar al agua. Para mi sorpresa, mi novia se desternilló al ver que, agachándose entre mis piernas, la muchacha se apoderaba de mi pene con la boca. Por un momento me quedé cortado al sentir que se ponía a mamármela en presencia de Altagracia, pero al contemplar el recochineo con el que se lo tomaba, dirigiéndome a Ana, imitándola comenté:

—Mi hembra no está lista. Haz algo para solucionarlo.

La morena palideció cuando la mulata le puso el coño a su disposición mientras le dedicaba una sonrisa. Asumiendo que no podía negarse, separó las nalgas de mi novia con las manos y reteniendo las ganas de huir, le dio un largo y húmedo lametazo.

—¡Qué rápido has olvidado tus reparos!— divertido dije al observar que no ponía cara de asco al saborear el depilado sexo de mi negrita: —Lo quiero calentito y bien untado de tus babas.

No sé si fueron mis risas, el suspiro de Altagracia al sentir la incursión o su propia calentura, pero lo cierto es que dejando de lado sus reticencias, Ana se lanzó a devorar ese chumino como si realmente le gustara.

—No sabía que esta puta tenía una lengua tan traviesa— moviendo sus caderas, susurró la mulata al notar que lejos de contenerse mi antigua amiga se recreaba mordisqueando su clítoris ya sin disimulo.

—Ni yo que la mía tenía una garganta tan experimentada— repliqué señalando que gracias a la maestría con la que la rubia se estaba comiendo mi verga, ya la tenía totalmente erecta.

Al percatarse del tamaño que había adquirido, Altagracia ordenó a Ana que se retirara y meneando su pandero, me rogó que la follara. No tengo que aclarar que le hice caso y poniéndome de pie sobre la bañera, comprobé que su chumino quedaba a mi altura, para acto seguido y de un certero golpe, clavarle mi erección al completo.

—Me encanta— chilló feliz al sentir mi invasión.

Fue entonces cuando comprendí que Cayetana iba a proporcionarnos muchos momentos memorables, porque poniéndose a mi espalda, llevó sus manos a las caderas de mi novia y tirando de ellas hacía mí, me ayudó a empalarla mientras murmuraba en mi oído si cuando terminara de desahogarme le daba permiso para ocuparse de limpiar los restos de mi pasión del coño de Altagracia.

Juro que no me esperaba eso y menos la reacción de su compañera al ver que colaboraba conmigo. Ya que con una mezcla de indignación y calentura al saberse ignorada decidió acariciar mi pecho buscando quizás mi perdón.

Los gritos de placer de mi mulata me hicieron saber lo cerca que estaba de verse sometida por el placer y mientras Cayetana me restregaba sus tetas por detrás y la otra besaba mis pezoncillos, me lancé desbocado a empalar a mi adorada esperando que su orgasmo llegara antes que el mío.

Lo cierto es que tuve suerte porque cuando Altagracia sintió que descargaba mi simiente en su interior, pegó un chillido al verse sacudida por un intenso y brutal orgasmo.

—¡Qué rico te la has follado!— murmuró en mi oído la rubia mientras frotaba su coño contra mis nalgas al contemplar el placer que compartíamos.

Aluciné al percatarme de que la escena la había llevado a ella a un estado de excitación brutal y que solo necesitaba de un pequeño empujón para correrse. Deseando castigar tanto a ella como a la zorra de su amiga, concluí en lo humillante que sería para ambas, que la primera vez que se corriera fuera gracias a Ana.

Por ello y ante el estupor de la morena, la tomé de la melena y le acerqué la cara al chumino de Cayetana:

—Cómetelo.

Altagracia comprendió de inmediato lo perverso de mis actos y viendo que la morena se negaba, llegó ante ella y cruzándole la cara con un sonoro bofetón, le ordenó que obedeciera. Indefensa y llorando, cumplió nuestra orden. La rubia al notar el lametazo de su compañera en su botón no necesitó nada más y tal y como preví, llenó la cara de Ana con su flujo.

—No pares hasta que yo te lo diga— comenté mientras le daba la mano a mi novia para que me ayudara a salir del jacuzzi.

—Eres un capullo insensible, pobres chavalas— riendo comentó la mulata al contemplar a Cayetana uniendo un orgasmo con el siguiente mientras Ana lloraba desconsolada.

—Lo sé— respondí saliendo del baño con la intención de estrenar esa enorme cama con mi amada…

Epílogo

Hace más de cinco años que culminamos nuestra venganza. Cinco años en los que terminamos la carrera, cinco años en los que afiancé mi relación con Altagracia y nos fuimos a vivir juntos.

Sin donde ir, Ana y Cayetana nos cedieron encantadas el coqueto piso con la condición de poder ir a visitarnos discretamente. Por ello, sus novios nunca se han enterado de que al menos una vez cada quince días, ese par de putas se vuelven a vestir de colegialas para entregarnos sus cuerpos ya voluntariamente.

Tampoco se me debe olvidar contar que gracias a la generosa contribución del padre de Cayetana montamos una escuela de primaria en la que actualmente damos clase a más de doscientos niños, entre los que están el nieto de ese potentado y el hijo de Ana.

No me importa reconocer que esos dos cabroncetes son nuestros favoritos, ya que según mi amada mulata tienen los ojos y la mirada de su padre.

Hablando de esos dos renacuajos, debo confesar que, aunque no me hubiese importado, agradezco que ninguno haya heredado mi enanismo y no solo por ellos, sino también por Manuel y Borja que ajenos a que son mis retoños y a petición de sus ahora esposas nos pidieron que Altagracia y yo que fuéramos sus padrinos.

Es más. estoy escribiendo nuestra historia mientras a mi lado Altagracia se zampa los dos kilos de helado que he tenido que salir a comprar a las dos de la mañana, porque según su madre y la mía, es mi labor y mi obligación conseguir que mi embarazada negrita satisfaga todos sus antojos.

Lo que nunca reconoceré a nuestras viejas es la fijación que tiene mi amada de que, al mismo tiempo que ella da buena cuenta de ese manjar, Cayetana me esté cabalgando mientras Ana le come el chumino…

FIN

www.ingramcontent.com/pod-product-compliance
Lightning Source LLC
LaVergne TN
LVHW010555160826
845677LV00013B/3143